dear+ novel

toraware no omegaouji to koi no dorei・・・・・・・・・・・・・・・・・・・・・・・・・

囚われのオメガ王子と恋の奴隷

小林典雅

新書館ディアプラス文庫

囚われのオメガ王子と恋の奴隷

contents

illustration : 笠井あゆみ

囚われのオメガ王子と
恋の奴隷

「……ゲルハルト、こんなことはいけない。わたしもおまえを愛しているけれど、『弟』としての愛だから、どんなに乞われても、神をも畏《おそ》れぬ行為は絶対にできない」

自分の身から漂うオメガの誘惑香《ゆうわくこう》に当てられた義弟《おとうと》を、リンツェットは震える声で拒《こば》む。

六つ下の義弟は淋しくひとりで離宮に暮らすリンツェットの心の支えで、誰よりも大切な存在だったが、兄弟愛以上の恋心は抱けないし、亡くなった母にも『心から望む相手以外には指一本触れさせてはならぬ』と言われている。

けれど、情欲にとりつかれた義弟は日頃のすこやかさを忘れたかのように首を振り、

「嫌です、神など畏れません。兄上が欲しくて気が狂いそうなのです。兄上を一度でも抱けたら天罰が下《くだ》っても構わない。どうかいまだけ、兄と弟ではなく、ただのアルファとオメガに……！」

と力ずくでその場に押し倒される。

跨《また》がられ、抵抗を封じられて服を引き裂かれ、義弟以外誰も寄りつかない離宮では助けを求めることも叶わず、このまま犯されてしまうのか、と絶望的な気持ちで、

「だめだ、ゲルハルト！　嫌だと言っている……！」

と叫んだとき、

「畏れながら、第二王子様、おいたはそこまでになさるべきかと」

と物柔らかな声が聞こえた。

涙に滲む視界に映ったのはあまりにも美しい軍服姿の騎士で、こんなときなのに思わず目を奪われる。

いままでわずかな数の人としか会ったことがないが、きっと相手は世界中の多くの人の中にあっても群を抜くのでは、と思える美貌で、息をするのも忘れて見惚《みと》れてしまう。

その栗色の長髪を首元で結んだ、はしばみ色の瞳のアラリック・レクトゥールという男が自分の『運命の番《つがい》』の相手だとリンツェットが気づくのは、もうすこしあとのことになる。

＊＊＊＊＊

フォンター君主国《くんしゅこく》では王と直系男子の誕生日は国の祝日とされ、城で貴族や名士を招いた祝《しゅく》宴《えん》が開かれる。夜には祝いの花火が打ち上げられるのが倣《なら》いだが、第一王子のリンツェット・エーレンベルクのためには花火も祝宴も催《もよお》されたことはない。

リンツェットは二十四年前に現王と前妃《ぜんひ》の間に生を受けたが、正嫡《せいちゃく》の身分に即した待遇は受けていなかった。

リンツェットは生まれつき左右の目の色が異なる「片青眼《かたあおめ》」で、災いをもたらす死神の化身《けしん》と恐れられ、赤子のときから離宮で幽閉《ゆうへい》生活を強《し》いられ、目を隠すために常に顔を布で覆《おお》うことを義務づけられている。

昔からフォンターには迷信や言い伝えの類《たぐい》が人々の暮らしに深く根付いており、悪運を避けるためのまじないが老若男女《ろうにゃくなんにょ》を問わず日常的に行われている。

たとえば家鴨《あひる》の嘴《くちばし》を入れたお守り袋を身につけていると不慮《ふりょ》の事故に遭わないとか、初雪の最初のひとひらを入れた水でお茶を飲むとその冬は風邪をひかないなどといった他愛《たわい》のないものや、夜空に紅《あか》い極光《きょっこう》が舞うと人攫《ひとさら》いが現れるので子供を家の奥に隠さないといけないとか、片目が金色の片青眼は特に悪《あ》しき力が強く、目が合うだけで大きな災いや死を招くというものなど、民草《たみくさ》だけでなく都の知識人たちの間にも浸透している。

その背景にはフォンターがしばしば厄災《やくさい》に見舞われがちな土地柄ということが挙げられ、神に祈るだけでは不安が取り除けず、どんな非科学的なことでもすがって心の平安を得たいという切羽《せっぱ》詰《つ》まった心情から編み出されたものだった。

フォンターはマクセンとルーダイエという敵対する二つの大国の狭間《はざま》に位置し、国の平和は両国の休戦中の間だけという不安定なもので、いざ二国間に争いが起きれば、否応《いやおう》なく巻き込まれて村も作物も甚大《じんだい》な被害を受ける。

さらに地形的に河の氾濫《はんらん》も起きやすく、洪水の被害を免《まぬが》れても、洪水後に野火《のび》のように広がる悪疫《あくえき》から逃れられずに命を落とす者も多い。

他国の戦の巻き添えや自然災害や疫病《えきびょう》など、己の力だけではどうにもできない厄災を前に、フォンターの民は自身や係累《けいるい》に不運が降りかからないように必死に神に祈り、厄《やく》避《よ》けのまじないや言い伝えを真面目に行い、「これをやったからきっと大丈夫」と仮初《かりそめ》の安堵を得ながら日々を生きている。

そんなフォンター王室の待望の第一子として生まれたリンツェットは、期待を大きく裏切る金瞳《きんとう》の片青眼だったうえ、王族には稀《まれ》なオメガだったことも父王や重臣たちの失望を招き、いっそ死産ということに、とあやうく葬《ほうむ》られるところだった。

が、それまで流産を繰り返し、やっと生きて生まれた我が子を抱かせてももらえずに奪われそうになった前妃は半狂乱で息子を掻《か》き抱《いだ》いて袖《そで》で目を隠し、

「まだなにもわからぬ赤子です。必ず悪しき者になるとは限りませんし、ただの眼病《がんびょう》でいずれ治るやも。私がこの身に代えても人に害なすような子にならぬように育てますゆえ、どうか命ばかりは……！」

と涙ながらに訴えた。

父王にとっても初めての子で、生まれてまもない幼子の命を断《た》つのはさすがに忍びないかとためらいを見せると、迷信深い重臣たちが「王子の姿を借りた死神を生かしておけば、王家の

浮沈《ふちん》に関わります。災いの芽は早めに摘《つ》むことが肝要《かんよう》かと」と口を揃えて進言した。

再び死の淵《ふち》を覗くところまで行きかけたが、

「早まらずに今一度お考え直しを！　この子が真に死神の化身なら、最初に瞳を確かめた産婆《さんば》も私もすでに事切れていなければおかしいのでは。それにもしそれほど禍々《まがまが》しい力の持ち主を迂闊《うかつ》に殺《あや》めれば、直接手を下した者のみならず、お命じになった陛下や重臣方もご無事でいられますかどうか。触らぬ神に祟《たた》りなしと申します。息の根まで止めずとも、ただ遠ざけるだけで充分ではありませんか。この先正統な王子として遇してほしいなどとは申しません。生涯人前に出さず、誰にも瞳を晒《さら》さぬようにいたしますゆえ、ただひっそり生き延びることだけはお許しくださいませ……！」

と母は諦めずに食い下がり、害すればただでは済まないかもしれぬ、と父王や重臣たちの不安を煽《あお》って息子の命乞いをした。

あえて手を汚さなくても、生涯閉じ込めておけば葬ったも同然かと重臣たちの間でも意見が一致し、リンツェットはその日のうちに生母とふたりのお付きとともに離宮に移された。

城から森で隔《へだ》てられた離宮は過去に陰謀にはめられたり、気がふれたりした王族が終生《しゅうせい》幽閉された『囚《とら》われ人《びと》の館《やかた》』と呼ばれる場所だったが、そんないわくつきの館でも生母と過ごした日々は毎日が幸せで、自分が人から疎《うと》まれる存在だと感じたことはなかった。

母は若くして病でこの世を去るまで、愛情深い母親が子供にすることはなんでもしてくれた。

母もフォンターの名家の出だったので、きっと片青眼の言い伝えを聞かされて育っていたはずだが、怖れることなく直に視線を合わせてくれ、笑みかけ、抱きしめ、優しい言葉や愛の言葉を繰り返し聞かせてくれ、大切に慈《いつく》しんでくれた。

母付きの侍従《じじゅう》のティグウィーズと女官のオルソラも、最初は内心不安だったかもしれないが、記憶にある限り、自分に対して常に礼節のある態度で接してくれ、怯《おび》えや忌避感《きひかん》や嫌悪感を見せることはなかった。

父は離宮に来てくれることはないものの、毎年誕生日には手紙を添えて本を贈ってくれた。

離宮でも不自由なく暮らせるように物質的な援助は滞《とどこお》りなくしてくれたが、唯一片青眼の王子を直接診察する勇気のある医師を見つけるのは難しかったようで、何度か体調を崩したときに応診を頼んでも、どの医師も怖気《おじけ》づいて来てはくれなかった。

幸い医師の診立《みた》てがなくても病は癒《い》えたが、その後母は自《みずか》ら医学書や薬草学の本を読み、庭で薬草を育て、薬草以外の薬剤で必要なものは父に頼んで取り寄せて調合し、たいていの病や怪我は母が医師がわりに治してくれた。

母は薬草畑で目にいいといわれる薬草も育て、矢車菊《やぐるまぎく》や菫《すみれ》や紫露草《むらさきつゆくさ》や釣鐘水仙《つりがねずいせん》など青い花の汁を蒸留したものを加えた目薬を作り、毎日幼いリンツェットに施《ほどこ》した。

点眼後はしばらく母の膝に頭を乗せ、目薬がしみこむまで髪を撫でてもらえる嬉しいひとときだったが、薬はどこかが悪いときに使うものだと教わっていたので、あるとき不思議に思って訊ねてみた。

「母上、どうして目がいたいわけでもかゆいわけでもないのに、まいにち目ぐすりをさすのですか？」

そう問うと、母はすこし切なげに眉を寄せ、リンツェットを膝の上に抱き上げた。

「リンツェット、お母様の目を見て。何色かしら」

向かいあって座る美しい母を見上げ、

「青です。夏のお空みたいなきれいな色。わたしのこちらの目といっしょです」

と自分の右目を指して笑顔で答えると、母はまた切なげに微笑んで頷いた。

「そうね、お母様と一緒ね。それにお父様の目も青いのですよ」

「そうなのですか」

一度も会ったことがない父の顔は想像で思い浮かべることしかできなかったが、父とも同じ目の色だと聞き、なんとなく嬉しくなる。

いまはどうしてか一緒に暮らせないけれど、いずれ共に暮らせる日が来るだろうとその時は無邪気に信じていた。

母はしばし間をあけてから、

「リンツェット、ではあなたのこちらの目は何色かしら？」

と左目を指して訊ねた。

「え？　ええと……」

初めて聞かれた問いにリンツェットは小首を傾《かし》げて口を噤《つぐ》む。

鏡を見たときに自分の目の色が左と右で違うことはわかるが、そのことについて母からもティグウィーズたちからもなにも言われたことがないし、四六時中鏡を見ているわけでもないので、普段はつい忘れてしまう。

視界が二色に分かれて見えるのなら気になるが、特に問題とも思わず、改めて目の色について聞いたことがなかった。

左目の色の名前がわからず、

「……ええと、黄色かな。……すこしちがうかも。あ、母上のかんむりとおなじ色です」

と母の綺麗に結いあげた亜麻色《あまいろ》の髪に挿《さ》しこまれたティアラを見上げて笑みかけると、

「そうね。この色の名前は『金色』というのですよ」

と優しくリンツェットの頭を撫でてから、母は悲しげに目を伏せた。

「……あなたの左目も青く生んであげたかった……。実は、フォンターではあなたのような目のことを『片青眼』と呼んで、災いを招くと言い伝えられているのです。もちろん、瞳が何色だろうとあなたはとてもいい子だし、あなたとたくさん見つめあってきたお母様がなんともないのだから、あなたの目が不吉なはずはありません。けれど、昔からそう信じられていて、もしもお母様やオルソラたち以外の者に瞳を見られ、運悪く相手が不幸に見舞われたら、きっとあなたのせいにされてしまうでしょう。だからお母様はあなたに毎日目薬をさして、金瞳がわずかでも青みがかってくれまいかと試しているのです。色の違いが目立たなくなれば、この淋しい離宮を出て、王宮に戻って真の王子らしく暮らすことも夢ではないはず。本当はそのままのあなたでもちっとも怖《おそ》ろしくないと皆にわかってほしいけれど、人の心を変えるには長い時が必要なのです。……お母様を許してね。あなたのせいではないことで不憫《ふびん》な思いをさせて」

「母上……」

それまで母が涙ぐんだ姿を見たことがなく、リンツェットは驚いて必死に首を振る。

自分の目が人から忌み嫌われるものだったと初めて聞いて衝撃は受けたが、母が言葉を選んで伝えてくれたおかげでそこまで傷つかずに済んだし、ここではみなが可愛がってくれるので、実感も湧かなかった。

自分は誰かに悪いことをする気なんて微塵《みじん》もないのに、目の色だけで厭《いと》わしく思う人もいるなんて悲しいとは思ったが、母やそばにいるふたりがそんな風には思っていないことは日々肌で感じられ、知らない人たちにどう思われても、大好きな人たちが自分を信じてくれるなら我慢できると思えた。

片青眼に生んでしまったのは自分のせいだなどと胸を痛めてほしくなくて、リンツェットは小さな手で母の涙をそっと拭《ぬぐ》いながら言った。

「泣いてはいけません、母上。母上がわたしの目をこわくないと言ってくださるなら、みながこわいと思っても平気です。お城で父上と暮らせなくても、わたしには母上がいてくださるから、ちっともさみしくありません」

森の向こうに見える王宮では、ここととは違う『宮廷生活』というものがあるらしいが、ここで母とお付きのふたりと静かに暮らす日々になんの不満もなかった。

「いい子ね、リンツェット。このさきなにがあろうと、お母様が命ある限りあなたを守ってあげますからね」

きつく抱きしめながらそう誓ってくれた母は、命の火が消える最期《さいご》の一瞬まで自分のために心を砕いてくれたから、嘘は吐《つ》かなかった。

けれど永《なが》の訣《わか》れは無情なほど早く訪れ、母が病に倒れたのは五つの時だった。

日頃リンツェットやお付きのふたりの体調にこまめに気を配ってくれていた母は、自身の不調は後回しにしていたのか、ふいにめまいを起こして倒れ、急いで王宮に侍医《じい》を頼んだときには、胃の腑《ふ》にできたしこりが上から触れられるほど固く大きくなっていた。

診察の間、侍医の視界に入らないように別室にいるように言われていたが、心配でたまらず、こっそり続き部屋に隠れて聞き耳を立てていると、母の病状はすでに手遅れで治る見込みはなく、あと数ヵ月の命だろうという痛ましげな侍医の宣告に愕然《がくぜん》とした。

まだ若く、病気がちでもなかった母が突然死の病に冒《おか》されて、余命もあとわずかだなんて、悪夢かなにかの間違いとしか思えなかった。

嘘だ、そんなこと信じたくない、母上がこの世からいなくなるなんて耐えられない、と心臓が切り裂かれるように痛み、衝立《ついたて》の陰で涙と震えが止まらなくなる。

どうして母上が、こんな目に遭《あ》うようなどんな悪いことをしたというのか、と神に訴えようとしたとき、もしかしたら、母の悲運は自分の目のせいかも、と思い当たり、リンツェットは凍りついた。

ティグウィーズやオルソラは王子への礼儀としていつも伏し目で接し、間近で目を直視したりすることはないが、母はなにをするときも自分と目を合わせてくれたから、片青眼の悪しき力が母だけに及んでしまったのでは、と罪悪感に打ちのめされる。

最愛の母を自分のせいで失うかもしれないという怖ろしさに恐慌をきたしておののいているうち、診察を終えた侍医が王宮に帰っていった。

すぐに母にすがりついて詫《わ》びたかったが、呪わしい自分が近寄ればさらに病状を悪くしてしまいそうで、衝立の陰で必死に嗚咽《おえつ》を堪《こら》えていると、堪え切れずにしゃくりあげてしまった声に気づいて母のほうから近づいてきた。

「そこにいたのね、リンツェット。盗み聞きなど王子のすることではありませんよ」

常と変わらぬ優しい声で肩に手を乗せられ、リンツェットは必死に母に背を向け、涙でびしょ濡れの目をぎゅっと閉じ、片青眼の呪いがこれ以上母に及ばないようにと願う。

「……も、もうしわけ、ありませ……、母上の病は、きっとわたしのせいです……」

言葉に出すと悲しくて辛すぎて、自分の目をえぐりだしたくなるほどいたたまれず、どうしたらいいのかわからなかった。

「それは違います、リンツェット。お母様の病は神がお決めになったことで、決してあなたのせいではありません」

母が両肩を摑んで自分のほうに向けようとするのを首を振って抗《あらが》うと、背中からぎゅっと抱きしめられた。

「誰の上にも死は等しく訪れるものなのです。お母様には思いのほか早くお迎えが来てしまうというだけのこと。あなたが大人になるまで守ってあげられないのが心残りでならないけれど、これも天命と受け入れなければ」

己に言い聞かせるように語りながら、母はもう一度リンツェットを振り向かせた。

向き合わされても固く目を閉じて必死に目を見せないようにしていると、そばで小さく笑う気配を感じた。

「リンツェット、目を開けて、よくお顔を見せて。お母様の病は治らないけれど、いますぐ天に召されるわけではないの。残された大事な時間を、この世で一番愛《いと》しくて大切なものを見ながら過ごしたいのです。母の願いを聞いてくれるでしょう?」

「……母上っ」

目を閉じて聞いていても、その声には真情しか込められていないように感じられ、また新たな涙を零《こぼ》しながら目を開けて抱きついた。

こんな自分を一番愛しくて大切だと言ってもらえ、わずかでも許されたような気持ちになれた。

近い未来に母との別れが来ることは受け入れがたかったが、せめてそのときが来るまで、できるだけ泣かずにいい顔を見せなくてはと思った。

父は侍医からの報告を受け、母を城に呼び戻して外科手術を試《こころ》みることを望んだが、母は治る見込みの低い危険な治療より息子と共に過ごすことを選んでくれ、最期までそばにいることができた。

母は徐々に弱っていったが、病床《びょうしょう》でも幼いリンツェットにこの先生きるうえでの心構えを言い聞かせ、五つの子供では理解できないようなことは紙に書き残してくれた。

「リンツェット、あなたを待ちうける道は決して楽なものではないでしょう。目のせいで不当に悪意を向けられることもあるでしょうし、誰にも省《かえり》みられず捨て置かれる長い孤独にも耐えなくてはなりません。けれど、なにがあっても絶望してはだめ。母が守った命を自ら絶ってはならないし、世を拗《す》ねて、恨みや怒りや憎悪《ぞうお》にとりつかれれば、やはり片青眼の言い伝えは事実だということにされてしまいます。どんなときもフォンターの王子としての誇りを忘れず、いつも心清く平らかでいられるように努めるのです。辛いときや迷ったときは『母上が見ていたら』とお考えなさい。母と天に恥じない行いを選べば間違うことはないでしょう。それから、あなたが大人になったとき、もしもオメガであることであなたの尊厳を踏みにじろうとする者がいたら、容赦《ようしゃ》なく反撃なさい。あなたの身体も心もあなただけのもの。たとえ生涯恋を知ることがなくても、心から望んだ相手以外に指一本触れさせてはなりませんよ」

「はい、母上」

そのときは言われたことの半分も理解できなかったが、死の床《とこ》で母が伝えようとする言葉をひと言も聞き逃すまいと思いながら懸命に頷いた。

その晩、母は天に旅立った。

朝になって母の枕元で目を覚ますと、眠るように安らいだ表情で召されていた母の手には鵞《が》ペンと紙が握られたままで、死の間際まで自分のために必要なことを書き記してくれたのだと胸が詰まり、号泣《ごうきゅう》しながら母の愛を噛みしめた。

早すぎる母との別れの悲しみと失意は言葉にできないほどで、母がどんなに違うと言ってくれても、やはり自分の目のせいなのではと自責の念に駆られずにはいられなかった。

母の亡骸《なきがら》は王宮に移され、国中の教会の鐘を鳴らして国葬《こくそう》が営《いとな》まれたが、リンツェットは当然ながら葬列へは出席できず、遺髪《いはつ》を入れたペンダントを両手で握りながら離宮から悼《いた》むことしかできなかった。

母の死後もティグウィーズとオルソラが引き続き仕《つか》えてくれたので、心に大きな欠落感と淋しさを抱えながらも徐々に母のいない生活にも慣れていった。

父は喪《も》が明けると、周囲の勧めに従って新しい妃を迎えた。

自分は王子とはいえ、王位継承者ではないことは誰に言われずとも察していたので、再婚して次の跡継ぎを作るのは母への裏切りではなく父の務めなのだろうと受け止めた。

結婚式には例のごとく招《よ》ばれなかったが、もしかしたら新しく母になってくれる人は、生みの母ほどではないにしても、自分の目を恐れずに息子と思ってくれるかも、と期待を込めて、義母《はは》に宛ててお祝いと歓迎の気持ちを綴《つづ》った手紙を書いて届けてもらうと、丁重な礼状が届いた。

義理の息子として認めてもらえたように思えて、美しい筆跡から姿を想像したり、いつか言葉を交わせる日が来たらなにを話そうかなどと楽しく夢想《むそう》していたが、翌年義弟が生まれ、兄弟ができたことを心から喜んでまたお祝いの手紙を書くと、前回と一字一句同じ文言《もんごん》の礼状が届き、儀礼的に型どおりの礼状を書いていただけだったのかもと気づいた。

やはり生母やオルソラたち以外の人は、片青眼と親しくしようとは思ってくれないのか、とそのとき現実の洗礼を受けた。

義弟のゲルハルトは輝く金髪に両目とも義母と同じ鮮《あざ》やかな緑で、ひと目で愛さずにはいられぬ天使のような可愛らしい赤子で、両親だけでなく宮廷中の人々からも溺愛《できあい》されているらしかった。

王宮に食材などを取りに行く際にティグウィーズが聞いた話をオルソラに話しているのを小

耳に挟んでしまい、そんな話を聞けば、つい己の境遇と引き比べて胸が痛んだが、こんなことで泣きたくなっていたら天の母はどう思うだろう、と必死に涙を堪え、胸に湧いてくる羨望《せんぼう》や妬心《としん》や自己憐憫《れんびん》の気持ちを追い払った。

ゲルハルトが生まれてから、母が生きていた頃より父の関心が薄れていくのがわかった。ある年から父から贈られる本に添えられた手紙の筆跡が変わり、直筆ではなく書記官に書かせることにしたのかもと見放されたような気持ちになったが、共に過ごしたこともない片青眼の息子より、近くですくすく育っている息子のほうが愛しいに決まっている、と子供心に悟《さと》らざるを得なかった。

自分と密に接していた母が天寿《てんじゅ》よりも早すぎる死を迎えたのは事実で、片青眼の呪いが根拠のない出鱈目《でたらめ》とは言えないし、君主として壮健《そうけん》でいなければならない父や跡継ぎの弟王子から遠ざけられるのも致し方ない。

市井《しせい》には洪水で家や家族を失い、明日の食べ物にも困るような人もいると聞くから、それに比べたら自分は離れていても家族が生きていて、ふたりも忠実な供もいて大きな館もあり、恵まれすぎなくらいだ、と己に言い聞かせて心に折り合いをつける。

今もって親の庇護《ひご》を受けるにふさわしい年齢で一足《いっそく》とびに大人にならなくてはならなかったが、この頃はまだ真の孤独も絶望も知らず、忘れられた離宮でそれなりに小さな楽しみを見つけながら暮らしていた。

＊＊＊＊＊

それから何年もの間、時は静謐《せいひつ》に過ぎていった。

母の死後も青い花から抽出《ちゅうしゅつ》した目薬の習慣は続けていたが、左目は金色のまま変化はなく、もしも片青眼《かたあおめ》の不吉な力がオルソラたちにまで及んで母のように早死にしたりしたら取り返しがつかないので、せめてもの用心に髪を伸ばして長い前髪で金瞳《きんとう》を隠すようにした。

そのせいかはわからないが、オルソラたちはすこぶる健康で風邪ひとつ引かず、なんの厄災《やくさい》も起きずに平穏無事に過ぎていく日々が何年も続くうちに、やはり自分の目に呪わしい力などないのかもしれない、と期待が湧いた。

一日の過ごし方は母がいた頃と変わらず、午前中はティグウィーズとオルソラが館《やかた》の内外の家政をする間、リンツェットは薬草畑の手入れをし、終われば書斎で読書をした。

書斎には父からもらった本に加え、以前ここにいた人たちの蔵書が三方の壁の書架《しょか》に読み切れないほど並んでおり、読むものには困らなかった。

午後はティグウィーズとオルソラから勉強を教わった。

以前は母にすべてを習っていたが、いまは算術や幾何学《きかがく》や化学、地理、天文学はティグウィーズに、文学や語学、歴史、美術音楽はオルソラから手ほどきを受けている。

教養深いふたりは、一生幽閉《ゆうへい》が決まっている王子に教育を施《ほどこ》しても無駄などと手を抜いたりせず、持てる知識を惜しみなく授《さず》けてくれた。

十四歳の誕生日を迎えると、母が五つの子供には説明できなかった性教育についても教えてくれた。

出生時の臍帯血《さいたいけつ》から、男女の性別のほかにアルファ、ベータ、オメガという性も判定され、王族はアルファに生まれつくことが多いが、リンツェットはオメガで、ティグウィーズとオルソラはベータだという。

オメガは成熟すると男子でも子を産むことが可能で、一般に十四、五歳から身体にその兆候《ちょうこう》が現れ、その時期は強い性的欲求を覚え、身体から花のような芳《かぐわ》しい香りを発するらしい。

その誘惑香《ゆうわくこう》に惹きつけられたアルファと性交すると子を孕《はら》むが、番《つがい》の相手以外の者に行為を強《し》いられて望まぬ受胎《じゅたい》をしないように、定期的に香りを抑える薬を飲んで被害を防ぐ必要があると説明され、リンツェットは神妙に頷きつつ、どこか他人事のように聞いていた。

十四になって背だけはそれなりに伸びたが、やせぎすの子供っぽい身体つきでなんの兆《きざ》しもなく、自分が肉欲を抱《いだ》くとか、誰かと性行為をするということを自分の身に引き寄せては考えられなかった。

フォンターではほとんどのオメガが娼館《しょうかん》で春をひさいだり、高位のアルファの側室《そくしつ》になるらしいが、自分は一生ここから出られないし、誰も訪れないのだから、いずれ身体が成熟したとしてもなんの意味もないし、不都合な事態にもなりようがない。

唯一身近な男性はティグウィーズだが、ベータにオメガの誘惑香は効かないそうだし、忠実な侍従《じじゅう》にいらぬ警戒心を抱く必要もない。

万が一この先アルファの誰かが離宮に足を踏み入れることがあっても、片青眼の呪いを恐れて自分に無体を働くことはないだろうし、万が一に備えて護身術も習っている。

だから時期が来て、肉欲を覚えるようになっても、母が書き残してくれた抑制剤の処方どおりに薬を作って飲んでいれば問題なくやり過ごせるはず、と落ち着いて心づもりをする。

ここにいれば一生新たな出会いはないから、友や恋しく思う相手とも出会えないが、身を穢《けが》されることもない。

孤独と引き換えの安堵を携《たずさ》えて日々を送っていたある夏の日、リンツェットの前に意外な訪問者が現れたのだった。

＊＊＊＊＊

その日は朝から気温が高く、リンツェットはティグウィーズに短剣での接近戦の手ほどきを受けたあと、庭先で行水《ぎょうずい》することにした。

身体つきは華奢《きゃしゃ》なままだが、年相応に思春期の羞恥心《しゅうちしん》を覚えはじめ、「ひとりでできるから」とティグウィーズには下がってもらい、盥《たらい》に水を張る。

全裸になって盥に座り、先に髪から洗うために前屈《まえかが》みになってうなじから前に垂らした髪を手桶《ておけ》の水をかけて濡らす。

十二種類のハーブを混ぜて作った洗髪液《せんぱつえき》で髪を洗いながら、すうっとする清涼感や香りを楽しんでいたとき、王宮に続く森のほうから蹄《ひづめ》の音が近づいてくるのが聞こえた。

ハッとして顔を上げ、濡れた手のまま素早く脇に畳《たた》んだ服を引き寄せて胸に抱え、間に挟んでいた短剣の柄《つか》を握る。

王宮からの使いならいきなり危害を加えてきたりしないと思うが、万が一の賊の可能性もある。

襲われたら防御できるように座位《ざい》から膝立ちになり、視界を遮《さえぎ》る長い濡れ髪をサッと振って右目を凝《こ》らすと、白い仔馬に跨《また》がった少年が近くまで来て手綱《たづな》を引いた。

……子供だ。一体何者だろう……。

使者や賊にしては幼すぎるし、子供がなぜこんなところに……、と初めて見る自分より小さな男の子に内心戸惑いながら相手の出方を窺う。

少年は青地に銀糸《ぎんし》の手の込んだ刺繍《ししゅう》が施《ほどこ》された上衣《じょうい》に白いタイツ、茶色い革のブーツを履《は》き、

「そなたはこちらに仕《つか》える侍女《じじょ》か?」

と甲高《かんだか》い声で馬上からリンツェットに言った。

「……え」

その物言いや年格好から、もしやこの子は義弟《おとうと》のゲルハルトでは、と思い当たる。

見事な金色の巻き毛に緑の瞳は話に聞いていたとおり天使のようだし、天使にしてはやんちゃそうな表情だが、面差しは幼いながら整っており、この子が一度会ってみたかった義弟かもしれない、と思ったら、喜びと感慨《かんがい》がこみ上げてくる。

でも、だとしたら、せっかくの兄弟の初対面なのに、こんな裸の濡れ髪で挨拶《あいさつ》をすることになるとは、と思ったとき、ふと「侍女か」と言われたことに引っかかる。

髪のせいで勘違いされたのかもしれないが、兄だと名乗って普通に話をしても大丈夫だろうか、目を見たら怖がるかもしれないし、もし服を着るときに短剣を隠していたのを見られたら、

義弟を害そうとしたなどと誤解されてもまずい、と焦《あせ》っていると、

「どうした、娘。口がきけぬのか。それとも行水中の姿を見られて恥じらっているのか。気にすることはないぞ。私は王子だし、そなたの長い髪と抱えた服で肩と足がすこし見えるだけで大事なところはよく見えぬ」

といっぱしの口ぶりで相手は言った。

やはり弟のゲルハルトなのか、と改めて義弟だとわかって感激もしたが、まだ女性と勘違いされていることや、たしか八歳のはずなのに妙に早熟そうな様子に戸惑っていると、義弟は馬上から続けた。

「娘よ、こちらには私の兄上がお住まいのはずなのだが、そなたは存じているか。侍従《じじゅう》たちの話では、兄上の金瞳《きんとう》にはこの世ならざるものが見え、まなざしひとつで立ちどころに生あるものを死に至らしめ、気性も荒く、逆鱗《げきりん》に触れると落雷《らくらい》や雹《ひょう》を降らせて大暴れするために館《やかた》の奥に鎖《くさり》で繋がれていると聞く。こちらには決して近づいてはならぬと固く禁じられているのだが、兄上が本当にそんな妖獣のような御方なのか、ひそかに確かめに来たのだ」

「……」

そこまで尾ひれをつけて悪《あ》しざまに言われているのか、と内心啞然《あぜん》とする。

この目にそんな力があればオルソラたちや庭先にやってくる小鳥や蝶《ちょう》も即死しているはずだし、雷や雹を降らすなんてできるわけがないし、罪人のように繋がれてもいない、と反論した

かったが、周りからここまで自分のことを悪く吹き込まれている義弟に、いま正直に兄だと告げても好意的に受け入れてもらえる自信がなかった。

ここへ来ることは禁じられているというし、きっともう会うことはないだろうから、このまま女性に間違われたまま訂正しないほうが怯《おび》えられずに済むかも、とリンツェットは一計を案じる。

盥に膝立ちしたまま侍女のように軽く腰を折ってお辞儀《じぎ》をし、すこし高い声を作って言った。

「……ゲルハルト王子様、わたしはこちらにお仕えする者ですが、あなたの兄上様は片青眼《かたあおめ》でもすこしも怖ろしい御方ではありません。鎖に繋がれてもいませんし、書物や音楽を愛する穏やかな御方で、視線でなにかを殺《あや》めたり、天候を操《あやつ》るところなど見たこともないですし、そんな力はお持ちではないかと。兄上様は弟君がお生まれになってからずっと、目通りがかなわなくても、遠くから幸せを願っておいでです。どうかお噂だけで兄上様をお厭《いと》いなさいませんように」

侍女のふりをして、髪で片目を隠したままおずおずと本心を伝えると、ゲルハルトはこちらをじっと見おろし、安心したように頷いた。

「そうか。兄上を見知っているそなたがそう申すのなら、その言葉を信じよう。侍従たちは兄上にお会いしたことがないのに、さも見てきたかのように話すのだが、やはり私を脅《おど》かすための作り話だったのだな。……娘、兄上に取りついでもらえぬか。是非《ぜひ》どんな御方かお会いしてみたい」

「……え」

思わぬ流れに、どうしよう、と内心うろたえる。

嬉しい申し出ではあるが、いま侍女のふりをしてしまったばかりなのに、服を着たら男だとばれてしまうし、なんとかうまく誤魔化《ごまか》して中に案内できたとして、急いで身なりを整えて初対面のふりで会ったら、万が一目のせいで弟になんらかの異変が起きたとき責任が取れない。

返事をためらっていると、ゲルハルトが馬からぴょんと下りて近づいてきた。

「もしや、そなたは……」

膝立ちの自分とちょうど目線が合うゲルハルトに窺うように見つめられ、兄だと気づいたんだろうか、とこくっと息を飲むと、

「ただの侍女ではなく、兄上の側女《そばめ》なのか？」

と予想外の問いかけをされ、意表を突かれて「えっ？」と思わず素の声で聞き返してしまう。

そのとき、

「ゲルハルト王子様ではありませぬか……！　なにゆえこちらに……、供の者はいかがなされましたか？」

とふたりの話し声に気づいたらしくティグウィーズが館から出てきて言った。

ゲルハルトはやや胸を張り、

「従僕《じゅうぼく》をまいて、ひとりで来たのだ。私のほかにこの森に近づく勇気のある者はおらぬからな。本当に囚《とら》われ人《びと》の館に兄上がおいでなのか、確かめてみたかった。いまこの娘が兄上は危険な御方ではないと教えてくれたゆえ、ご挨拶したい」

とティグウィーズに答え、またリンツェットに目を戻した。

「娘よ、私はそなたが気に入った。片方の瞳だけでもとても美しいし、優しい物言いも好ましい。もしまだ兄上のお手付きではないのなら、私がもうすこし大きくなるまで操《みさお》を守ってくれまいか。是非私の側女にしたい」

「……は？」と呆気《あっけ》に取られるリンツェットの傍《かたわ》らで「そ、側女？」とティグウィーズも仰天《ぎょうてん》した声を出す。

そこへオルソラが両手に布を広げながら駆けてきて、

「リンツェット様、いつまでも濡れたままでは夏でもお風邪を召してしまいますよ」

とリンツェットの身体を覆った。

「え、リンツェット……？　それは兄上のお名前では」

義弟がきょとんとした顔で問うと、オルソラは膝を曲げてゲルハルトにお辞儀をし、

「その通りでございます、ゲルハルト様。この御方は王子様の御兄君、リンツェット第一王子様にあらせられます」

と前後のやりとりを知らずに返答した。

ゲルハルトは「えっ！」と目を剝《む》き、何度か瞬《しばた》いてから、

「……ま、真《まこと》に……？　でもさきほどは侍女だと」

とつっかえながらリンツェットに確かめてくる。

リンツェットは気まずく片目を泳がせてから、ためらいがちに弁解した。

「……済まない、ゲルハルト。実は、わたしは本当におまえの兄で、侍女ではないんだ。わたしについてひどい噂ばかり耳にしているようだったから、兄だと名乗ると嫌われるのではと思って、おまえが侍女と勘違いしていたから、ついそのまま……。嘘をついて悪かった」

小さく頭を下げて詫《わ》びると、ゲルハルトは「……そう、だったのですか……」とさっきまでと口調を変えて神妙な声で言った。

「兄上とは存じませず、無礼な言葉の数々、どうかお許しを」

急いで片膝をついて詫びようとする義弟を、リンツェットは慌てて止める。

「いや、詫びなくていい。正直に言わなかったわたしも悪いし、なにも気にしていないから。……わたしもずっとおまえに会ってみたかったから、来てくれて嬉しいよ」

こんな格好で伝えるのは気恥ずかしかったが、本心を告げると、「兄上」と見つめてくるゲルハルトの表情も嬉しそうで、片青眼を恐れ怯える様子は感じられなかった。

この子となら、兄弟として心を通わせることができるかもしれない、と期待が湧き、もっといろいろ話をしてみたいと思ったとき、オルソラが遠慮がちに言った。

「畏《おそ》れながら、ゲルハルト様がこちらにおいでになることは禁じられているはず。おひとりでお見えということは、誰にも告げずにいらしたのでは。ならば、気づかれぬうちに急いでお戻りにならないと、陛下や王妃様からお叱りを受けることになるかと」

たしかに、もしここにいることが知れれば、片青眼の兄にひと目で殺されたのでは、などと大騒ぎになってしまう、とリンツェットも気を揉《も》んで、ゲルハルトに言った。

「せっかく会えたのに残念だけれど、すぐに戻ったほうがいい。今頃従僕たちが心配して探しているだろうし、あとでおまえが叱られたりするのも忍びない。……ティグウィーズ、いそいでゲルハルトを王宮までお送りしてくれ」

自分のことを怖がらずにいてくれる義弟ともっと一緒にいたいのは山々だったが、ここに長くいればいるだけ、あとで義弟が叱られる時間も長引くに違いない、と案じて早く帰すことにする。

ゲルハルトも帰りたくない様子で「まだご挨拶しかしていないのに」と不満顔だったが、ティグウィーズに抱きあげられて仔馬に乗せられ、観念したように言った。

「今日はこれで帰りますが、また来ます。兄上の両目は見ていませんが、私はぴんぴんしているし、この者たちも元気なのだから、兄上の片青眼はきっといい片青眼なのでしょう」

きっぱり言い切るゲルハルトに笑みを誘われ、

「ありがとう。もし父上や義母上《ははうえ》のお許しがもらえたら、またいつでもおいで。ゲルハルト、わたしについて怖い噂を聞いていたのに、勇気を出してここまで来てくれて、すごく嬉しかったよ。まさか今日会えるなんて思っていなかったから驚いたけれど」

と今度はすこし高い位置にいる義弟に青い目だけで笑みかける。

たとえ怖いもの見たさや冒険心のほうが強かったとしても、いままで誰も来てくれなかった離宮に禁を破って会いに来てくれたことがありがたかった。

ティグウィーズに手綱を引かれ、こちらを何度も振り返りながら王宮へ戻っていく義弟に手を振って見送る。

高揚感がおさまらず、姿が見えなくなってからもしばらくそのままぼうっとしていると、オルソラにもう一度風邪をひくと注意され、ようやくリンツェットは我に返る。

まだ途中だった行水の続きに戻って髪をすすぎながら、リンツェットは口元に笑みを浮かべる。

初めての来客ということ自体が大事件で驚いたが、その相手が義弟で、まさか八つの義弟から侍女に間違われて「側女」に望まれるとは思わなかった、と苦笑する。

でも、ひどい噂を吹き込まれていたのに、「兄上」と呼んで慕《した》ってくれるなんて、夢みたいだった。

また会いたいな、と思いながら髪と身体を布で拭《ぬぐ》う。

ふと、ゲルハルトをもっと歳を重ねた大人の顔にしたら、父上に似ているんだろうか、と考えて、リンツェットは瞳を伏せる。

普段は考えないように胸の奥底に沈めているが、母亡きいま、実の父からすこしでも心にかけてもらえたらどんなに嬉しいか、とひそかな望みを捨てきれずにいる。

暮らしに必要なものはすべて用意してくれて不足はないが、息子としてわずかでも血の通《かよ》った情愛を向けてほしいとどうしても願ってしまう。

今日初めてまみえたゲルハルトからは、両親の愛を一身に受けて育った自信が全身から感じられ、義弟を可愛く思う気持ちの隅に、じわりと羨望《せんぼう》の念を覚えずにはいられなかった。

いままでは父への思慕《しぼ》が募《つの》っても、片青眼なのだから仕方ないと諦めてきたが、もし今日ゲルハルトが来てくれたことがいい方向に進んで、自分と関わっても義弟に何事もないとわかれば、父も自分を城に呼び戻して家族の一員に迎えてくれるかもしれない、と淡い希望が胸に芽《め》生《ば》えてくる。

だが、現実はリンツェットの期待を打ち砕《くだ》き、いまよりもさらに深い孤独の中に置き去りにされることになるのだった。

＊＊＊＊＊

ゲルハルトが帰った三日後、今度は王宮から別の訪問者が離宮に遣わされてきた。

音楽室でオルソラからクラヴィコードの新しい曲を習っていたとき、ティグウィーズが部屋に入ってきて客の来訪《らいほう》を告げた。

「リンツェット様、宰相《さいしょう》のヴェルツ殿がお見えです。……それと、お会いになる際、こちらの薄布で顔を覆《おお》い、両目を隠してほしいとのご要望です」

「え……」

ティグウーズが捧《ささ》げ持つ小さな銀の盆に、畳《たた》まれた白い手巾《しゅきん》のようなものが載せられていた。前髪で金瞳《きんとう》を隠していても、青い目でも直《じか》に見られたくないという露骨《ろこつ》な意思表示に内心戸惑ったが、そうしないと用件も聞けないと思い、頷いて薄布を手に取る。

広げると顔がすべて隠れる大きさの四角い布の上部に二本の細い紐《ひも》がついており、両のこめかみから後ろに回した紐をむすぶ。

細かい布目から透けて向こう側は見えるが、霧がかかったように霞《かす》んで見えづらくなる。

心なしか息もしづらくなったような気もしてあまり気分はよくなかったが、こうすれば相手が安心するなら、と思いつつ、

「これでいいかな。そちらからは目の色は見える？」

とふたりに問うと、オルソラが納得いかない表情で言った。

「はっきりとは見えなくなりましたが、リンツェット様にこのようなものをおつけしろだなんて無礼千万《せんばん》な……」

「本当に、衝立《ついたて》を挟んでお話しするなり、ほかにやり方があると思うのですが」

ティグウィーズも宰相の申し入れに不満げに頷く。

ふたりが自分の側に立ってくれる様子に慰められ、リンツェットはベールのように顔を覆ったまま微笑《ほほえ》んだ。

「仕方がないよ。ゲルハルトの話では、王宮ではわたしはとんでもない怪物のように思われているそうだから、宰相殿も命がけのつもりで面会に来られたのかもしれない。母上も人の考えを変えるには時間がかかるとおっしゃっていたし、すこしずつわたしは恐ろしい人間ではないとわかってもらうしかないよ」

でももしこれでゲルハルトに続いて宰相も無事に戻れば、片青眼《かたあおめ》でも危険はないと父上にもわかっていただけるかも、と前向きに考えながら宰相の待つ部屋へ向かう。

リンツェットが入室すると、きっと父と同年配あたりかと思われる男性が緊張に青ざめた顔で目を伏せたままお辞儀《じぎ》をした。

「第一王子様、お初にお目にかかります、宰相のイエレミアス・ヴェルツと申します。本日は国王陛下と王妃様より御伝言を預かって参りました。加えて、第一王子様のお暮らしぶりを見てくるように仰《おお》せつかりまして、いくつかご質問させていただきたいのですが、お答えいただければ幸甚《こうじん》に存じます」

怒らせたら落雷《らくらい》や死を招くと思っているからか、声をかすかに震わせて低姿勢に申し出られ、リンツェットは安心させるように優しい口調で言った。

「わかりました。なんでもお答えいたしますので、ご遠慮なくご質問ください」

正直に答えて本当の自分を知ってもらえば、きっと片青眼でも死神や怪物ではないと判断してくれるだろう、と思いながら宰相の様々な問いに答えていく。

どのように一日を過ごしているかや、いままで習ったことや知識の深さについて聞かれたり、書斎に案内するように求められて書架《しょか》を検《あらた》められたり、クラヴィコードやリュートなど扱える楽器で小品《しょうひん》を弾くよう所望《しょもう》されたりした。

王子として王宮に戻しても差し支《つか》えないかどうか教養の程度を調べているんだろうか、とひそかに緊張しながら腕前を披露《ひろう》する。

庭の薬草畑も見せてほしいと請《こ》われ、多品種が自慢の畑で薬草の名を問われるまま答えていると、感心したように聞いていた相手の顔つきがスッと変わったのに気づいて、リンツェットは言葉を止めた。

「宰相殿、なにか……？」

くせのある香りの草もあるから、お気に召さなかったのかも、と思いながら問うと、

「こちらの列はどれも花弁《かべん》や根に毒性のあるものばかり。なにゆえこれほどの種類の毒草をお育てに？」

と詰問《きつもん》口調で問われる。

「宰相殿、それは……」と気を使って横から事情を告げようとしたオルソラに首を振り、リンツェットは自分で答えた。

「どれも少量なら毒性はないので痛み止めや熱冷まし、虫よけなどに使えるのですが、実は、これらはオメガの抑制剤《よくせいざい》を作るのに必要で育てています。まだ発情期は迎えていませんが、もう十四になり、いつ来てもおかしくないそうなので早めに薬の準備をしていました。生涯受胎《じゅたい》の可能性はなくても、ひとりで劣情《れつじょう》に駆られて醜態《しゅうたい》を演じるのは控えたいので。決して誰かを毒殺しようなどと目論《もくろ》んで育てているわけではありません」

よろしければ母が遺《のこ》してくれた処方箋《しょほうせん》をご覧になりますか？　と言い添えると、ヴェルツは恐縮したように頭を下げた。

「大変失礼いたしました。御無礼をお許しください。……おおよそのことはお伺いできましたので、質問はこれまでにさせていただきます。お話をさせていただき、第一王子様は大変ご聡《そう》明《めい》で立ち居振る舞いも優雅で礼儀正しく、穏和《おんわ》でお優しいお人柄だとお見受けいたしました。そのようにご報告させていただきます」

そう聞いて、ホッと薄布の内側で吐息をもらしたとき、宰相は「なれど」とまた声に緊張を孕《はら》ませた。

「清廉《せんれん》なお人柄と片青眼の忌《い》まわしき力は別物。と申しますのは、三日前にゲルハルト様がお忍びでこちらを訪問された直後、高熱で倒れられ、いまだ意識が戻らず生死の境をさまよっておいでなのです」

「ええっ！」

まさかの言葉にリンツェットは悲鳴を上げる。

そんな、あんなに元気だったのに、と別れ際のゲルハルトの姿を思い浮かべ、薄布の上から口を覆って首を振る。

でも、あの直後に熱病で倒れるなんて、やはり自分の目のせいなんだろうか、とリンツェットは顔色を失くす。

……どうしよう、金瞳は直接見せなかったし、ずっと伏し目にしていたのに……、でも最後に青い目であの子の目を見て笑みかけてしまったから、それがまずかったのかも……。

もしあの子まで儚《はかな》くなってしまったらどうすれば、と血の味がするほど強く唇を噛みしめ、震えだす身体を両腕で押さえつける。

血の気《け》の引いた顔で声も出ないリンツェットにヴェルツは言いづらそうに続けた。

「大変申し上げにくいのですが、王宮ではゲルハルト様の熱病は第一王子様の視線を浴びたことに因《よ》るものと思われており、今後新たな犠牲者を出さぬために、本日より第一王子様付けの女官と侍従《じじゅう》の役職を廃《はい》することになりました」

「え……？」

ゲルハルトの病の報《しら》せで真っ白になっていた頭では、いま言われた言葉の意味がすぐに理解できなかった。

ティグウィーズとオルソラのほうが先に事態を把握し、

「お待ちください、一体なにを仰《おお》せに。れっきとした王子様に側仕《そばづか》えをつけぬと……!?」

「御身分の前に、わずか十四歳の少年ですのに、たったおひとりで暮らせとおっしゃるのですか……!?」

と血相《けっそう》を変えて異議を申し立てると、ヴェルッツも同情的な表情でふたりを見やった。

「私とて不憫《ふびん》とは思うが、現にゲルハルト様は瀕死《ひんし》の状態なのだ。そなたらはいままでは無事だったが、この先もそうとは言い切れぬ。そなたらの身を案じてのお達しである。それにそなたらは十四年もの間こちらに詰め続け、人並みの暮らしもままならなかった。今からでも遅くはない。元気なうちにここを出よ」

オルソラはキッとまなじりを吊り上げ、

「私は生涯リンツェット様のお世話をしてこの離宮に骨を埋《うず》める覚悟でおりますし、その生き方になんの悔いも不満もございません。ゲルハルト様の御病気がリンツェット様の目のせいとは限りませんのに、あまりのお仕打ちでは……！」

と宰相に食ってかかるのをティグウィーズが腕を引いて目顔で窘《たしな》める。

「こちらに常駐する者をなくすとしても、通いでお世話をする者が必要ですし、是非その御役目を私たちに。まさか王子様に炊事《すいじ》や洗濯をしていただくわけにはまいりませんし」

ティグウィーズがそう言うと、宰相は首を振ってリンツェットに目を戻した。

「畏れながら、第一王子様には何人《なんぴと》とも直接関わる機会を絶っていただきたく、今後は身の周りのことは御自身でお願い申しあげます。食材や日用品は七日ごとに館の入口にお届けいたしますので、御自身で家政を賄《まかな》ってくださいますよう。なにか必要なものがあれば紙に書いて扉に差しておいてくだされば、次の七日後にお届けするようにいたします」

「……」

自分のそばから人を遠ざける策がすでに練られており、決定事項として告げられることに心が麻痺《まひ》してなにも言えなくなる。

いままでもたったふたりだけだったのに、誰もいなくなってしまう、と思ったら、本当は自分の身体が人の姿をしておらず、二目と見られないおぞましい物体だから、これほど疎《うと》まれ避けられるのでは、とふいにおかしな考えが浮かび、つい薄布越しに自分の手足を見直して確かめてしまう。

まだ人の形はしていたが、義弟が倒れたいま、きっと父や皆の頭の中では、片青眼の自分はおぞましい物体と大差ないのだろう、と瞳に涙が滲《にじ》んでくる。

「そんな、王子様に下働きのような真似をさせるなんて……！」と叫ぶオルソラを手で制し、リンツェットは静かな声で言った。

「……大丈夫だよ、心配しないで。ふたりの気持ちはありがたいけれど、もし本当にこの先わたしのそばにいるせいでふたりに悪いことが起きたら、そのほうが辛い。淋しいほうがまだ耐えられるし、もう自分のせいでこうなったのかもと苦しみたくないんだ。世の中にはもっと小さい歳でも自立して生きている子供だっていると聞くし、わたしにもきっとできる。いままで長い間当然のように拘束《こうそく》して済まなかったけれど、もう充分助けてもらったから、そろそろ解放してあげないといけないね」

「リンツェット様……」

本当はオルソラとティグウィーズにはずっと離れずにそばにいてほしかったが、自分の我儘《わがまま》でふたりをゲルハルトと同じような目に遭わせるわけにはいかない。

母を亡くしてからの九年、ふたりと過ごした時間は、本物の父と義母には望めない心の通いあう家族というものを疑似《ぎじ》体験させてくれたし、ふたりと一緒なら長い幽閉生活も耐えられると思っていた。

でも、二十五歳と二十歳のときから十四年も離宮に閉じ込めて一番いい時を自分のために使わせたうえ、病で早死にさせたり、病を得なくても老いるまで手放さずに共に幽閉を強《し》いることは心苦しくて選べなかった。

葛藤《かっとう》を隠して物わかりのいい返事をしたリンツェットにヴェルツはホッとしたように頷き、言葉を継いだ。

「ご理解くださりありがとうございます。それから、ゲルハルト様が発病される前に、『兄上はいい方だった、またお会いしに行く』と仰せだったのですが、もし御快復後にまたこちらにお見えになっても、お会いせずに帰すようにとのことです。ゲルハルト様だけでなく、王宮からの使いや荷運びの者とも今後直接目を合わすことのないように、お目覚めの間は常にその薄布をつけて両目を隠しておくようにとのお達しです」

「……わかりました」

次々と片青眼の厄災を封じる手立てを畳みかけられ、リンツェットは諦念《ていねん》の滲む声で返事をする。

宰相の訪問の目的が自分を完全に外界と遮断《しゃだん》するためだったとは思いもせず、もしや自分を王宮に戻してくれるためかも、などと真逆の期待をしたことが愚《おろ》かしく情けなかった。

薄布のおかげで込み上げる涙を隠せるのが救いだったが、義弟のことがあるとはいえ、ここまで手ひどく全否定されると、父がいままで自分を生かしてくれたのは、単に不吉なものを始末して祟《たた》られたくなかっただけで、親子の情は最初から欠片《かけら》もなかったのかもしれないと思うしかなかった。

ゲルハルトのことも生母のことも、自分から病や死を願ってなどいないのに、父も義母も王宮中の人々も皆が自分のせいだと責めているのがひしひしと感じられ、誰にも信じてもらえず、誰にも愛されず、愛したくても拒絶され、疫病神《やくびょうがみ》とそしられるだけなんて、やるせなくて悲しくて、生きるのが苦しくなっている。

……もしゲルハルトが助からなかったら、自分も命を絶ってしまおうか。

本当は自分の目のせいではないのではと思いたい気持ちもあるが、絶対に違うとも言い切れない。もし本当に自分のせいだとして、元凶の片青眼がのうのうと生きていたら、父も義母もいまよりもっと自分を厭《いと》い、憎むだろう。

自分がいなくなれば皆安心するだろうし、死んで詫《わ》びれば父も義母も許してくれるかもしれない。

自分の死を一番悲しんでくれる母は天国にいて、この世で悼《いた》んでくれるのはきっとオルソラとティグウィーズだけだし、手近な庭には何度も命を落とせるだけの毒草もある。

自死《じし》をすれば天国には行けないけれど、審判の場で神に同情を乞《こ》えば地獄に落ちる前にひと目母に会わせてくれるかもしれない、と死への誘惑に駆られたとき、『母が守った命を自《みずか》ら絶ってはならない』という母の最期の言葉が蘇《よみがえ》る。

……でも母上、どんなことがあっても絶望するなと言われても、これほど人に疎まれ、意に反して厄災を与えてしまう自分に生きる価値などあるのでしょうか、と青と金の瞳を濡らしながら母に問う。

待っても答えは返ってこなかったが、迷ったときは母と天に恥じない行いをせよという言葉も思い出し、きっと母は辛さから逃れるために自死を選ぶような弱い息子のことは誇《ほこ》りに思ってくれないし、なにもできなくてもせめてゲルハルトが助かるように祈らなければ、と己に言い聞かせてなんとか思いとどまる。

ヴェルツが従者たちと共に館の外で待つ間、オルソラとティグウィーズは急いで私物をまとめさせられ、手短に別れの挨拶《あいさつ》をしなければならなかった。

「こんなことになるとは、前妃《ぜんひ》様になんとお詫びすればいいのか……。ゆっくり嘆《なげ》くいともありませんが、七日ごとの荷運びは必ず私たちがいたします。お淋しいでしょうけれど、お気を落とさずに」

「わかった。待っているから、ゲルハルトの病状もわかったら教えてほしい」

「もちろんです。ゲルハルト様が御快癒《ごかいゆ》なされば、また私たちをこちらに戻していただけるようにお願いしてみます。どうかしばし御辛抱《ごしんぼう》を」

ティグウィーズとオルソラは玄関を出る前にリンツェットの顔の薄布をめくり、ぎゅっと抱きしめて両頬にキスしてくれた。

いつも礼節《れいせつ》を守るふたりからそんな親密な振る舞いをされたのは初めてで、最後まで自分の目を恐れていないことや、侍従と女官の職を超えた愛情を示してくれ、ふたりを見送って扉を閉めたあと、顔の薄布を引き剝がして泣かずにはいられなかった。

ひとり残された古い離宮には、そこかしこに過去の亡霊が息づいているようで、オルソラたちがいてくれたときには感じなかった薄ら寒さを覚えたが、この館に縁のある霊なら御先祖様や母上のはずだから怖くない、と己を励《はげ》まし、夜には蝋燭《ろうそく》をいくつも灯《とも》して心細さを紛《まぎ》らわせた。

翌朝からひとりでなにもかもやらなくてはならなかったが、元々多くの使用人に傅《かしず》かれて育ったわけでもないので、自分で身の周りのことや家政をすることにさほど抵抗はなかったし、子供の頃からオルソラやティグウィーズのすることを見ていたおかげで、やってみたらそれなりにどうにかできた。

最初の七日間が一番淋しさに慣れずに日が経《た》つのが遅く感じられたが、なんとか六晩やりすごし、翌朝オルソラたちが来てくれるのを森の入口で今か今かと待ちわびた。

ふたりに食べてもらおうと、昨日のうちに書斎で見つけた料理本を見ながら焼き菓子も作った。

お菓子は初めて作ったので、料理上手のオルソラのようにはできなかったが、多少焦《こ》げていびつな形でもふたりなら笑って食べてくれるだろう、とそわそわわくわくして待っていると、午後も遅くなってから手押し車を押しながらやってきたのはまったく別の男だった。

帽子を目深《まぶか》にかぶった相手はリンツェットの足を視界に入れただけで小さく悲鳴を上げ、かたくなに下を向いたまま食材の箱を下ろし、「……で、では私はこれにて」と即座にとんぼがえりしようとした。

慌てて引きとめ、

「振り向かなくていいからひとつだけ聞かせてくれ。オルソラとティグウィーズという女官と侍従はどうしたか知っていたら教えてほしい」

と訊ねると、一刻も早く立ち去りたいのがあからさまな早口で、ふたりは王命《おうめい》で夫婦となって遠方の領地を拝領《はいりょう》し、既に発《た》ったと聞かされた。

「……え」

ふたりが自分の前で恋人のような振る舞いをしたことがなかったので結婚したというのも驚いたが、もう都を離れたと聞き、それではここから一生出られない自分はふたりには二度と会えないのか、と呆然とする。

きっとふたりのことだから、もしすこしでも猶予《ゆうよ》があったら、なんとかして最後に自分に挨拶しに来てくれるか、走り書きでも残してくれたはずだから、なにもないということはそれさえ許されずに出立《しゅったつ》させられたに違いない。

どうして父はここまでして自分から大切な人を遠ざけるのかと恨めしい気持ちになったが、父からしたら、前妻の命を奪い、大事な跡継ぎを昏睡《こんすい》に至らしめた片青眼のほうこそ恨めしいに違いない、と涙の滲む目を伏せる。

オルソラたちにこれまでの感謝も結婚祝いの言葉も伝えられずに引き離され、悲しくて胸が潰れそうだったが、長年尽くしてくれたふたりが高い身分を賜《たまわ》ったことはふたりのためによかったと思わなくては、と己に言い聞かせ、ふたりのために作った甘い焼き菓子を涙の味にしながらひとりで食べた。

その後王宮から七日毎《ごと》に荷を届けに来るのは毎回違う人間で、どうやら城でなにか失態《しったい》を犯した者が罰としてこの任を請《う》け負《お》わされているようだった。

誰もが嫌々来ている様子を隠さず、姿を見せると露骨《ろこつ》に怯えられるので話しかけるのには勇気が要《い》ったが、どうしてもゲルハルトの病状を知りたくて何人かに訊ねると、三人目のときにようやく危機を脱して命を取り留めたと教えてくれた。

唯一の朗報《ろうほう》に胸を撫でおろし、きっとゲルハルトとももう会うことはないだろうが、一度だけでも会えてよかったし、元気になってくれればそれだけで充分だと思うことにした。

もうこれで自分から人に関わることはすまい、誰かに理解されたいとか心を通わせたいと願うことは自分にとって毒にしかならず、それさえ願わなければもっと楽になれる、とリンツェットは一切の希望を持つことを諦《あきら》める。

生きている人間は誰ひとり自分を受け入れてはくれないが、母には一生分愛されたし、血の繋がりはなくても情を向けてくれたふたりとの思い出もある。

庭先を訪れる鳥や野うさぎや虫たちは自分の目が何色だろうとなにも気にしないし、草木も手をかけた分だけ青々と育ってくれる。

もう多くは望まず、この境遇でも見つけられる小さな喜びを糧《かて》に生きていこう、と心に決める。

幸い、広い離宮をひとりでいままでどおりに保つには山ほどやることがあったし、薬を作ったり、本を読んだり、音楽を奏《かな》でたり、あり余る時間を有効に使う手立てはいくらでもあった。

それからしばらく経ち、すこし怖く感じていた古い肖像画や胸像《きょうぞう》が独りごとを聞いてくれる親しい話し相手に変わった頃、リンツェットの元にゲルハルトから手紙が届いたのだった。

＊＊＊＊＊

その日、玄関前に置かれた食材入りの木箱を取りに行くと、端に白い封筒が入っているのに気づいた。

手に取って確かめると、『兄上様へ』と子供らしい筆跡で書かれており、リンツェットは小さく息を飲み、急いで部屋に戻り、顔の薄布を外して手紙を開く。

『兄上様、長の無沙汰《ぶさた》をお許しください。過日《かじつ》は私が勝手に押しかけて、勝手に病にかかったのに、兄上のせいにされてしまったそうで、いまひとりぼっちでお暮らしだと聞いて、いてもたってもいられぬきもちでいっぱいです。あのとき王宮にはほかにも熱病になった者がいて、その者たちは兄上にお会いしていないのだから、私の病も兄上のせいではないと言ったのに、誰もきいてくれませんでした。兄上に直接お目にかかってお詫《わ》びしたいのですが、朝から晩までびっしり勉強の時間にされてしまったし、いつもみはりの者が何人もはりついて、憚《はばか》りにまでついてくるので、なかなかそちらにおうかがいすることができません。それで手紙を書くことにしました。兄上もお返事をくださればとても嬉しいです。私は兄上が死神の化身《けしん》なんて思っていないし、兄上ともっと仲良くなりたいのです。また手紙を書きます。あなたの忠実なる弟　ゲルハルトより』

と書いてあり、胸がじんわりとぬくもり、久しぶりに口元に笑みが浮かんだ。

誰も味方がおらず、誰からもいない者のように扱われる中、ただ一人無心に慕《した》ってくれる義《おと》弟《うと》を愛《いと》おしく思わずにはいられなかった。

すぐに返事を書き、次の荷運びの者に届けてもらい、それから何度か隠れて手紙のやりとりをしていると、父や義母の耳に入り、義弟は咎《とが》められたようだった。

ただ義弟は叱責《しっせき》に屈せず、手紙なら直接目を見るわけじゃないから安全だし、手紙を禁じるなら直接会いに行く、と直談判《じかだんぱん》し、なんとか文通だけは認めてもらったと次の手紙で臨場感のある攻防戦の顚末《てんまつ》を報告してくれた。

それからは堂々と手紙での交流ができることになり、会えなくても文字のやりとりだけでも気持ちが通じ合えると実感できたし、義弟の手紙を読むことが孤独な幽閉《ゆうへい》生活の一番の楽しみと癒《いや》しになった。

ゲルハルトはすこし大きくなると、レモンの絞《しぼ》り汁で書いた炙《あぶ》り出しの手紙を寄こし、

『これはひみつの恋文を書くやり方だと聞き、面白そうなのでやってみたいと思ったのですが、私にはまだ恋文を書く相手がいないし、兄上はきっとこういう手紙をもらう機会はないでしょうから、兄上のためにまねごとをしてあげます。いま王宮の庭園に咲いている花が兄上のように美しく、本物をお贈りしたいのですが、母上に告げ口されて手紙を禁じられてはまずいので、封筒に種を入れておきます。是非そちらの庭で育てて、うまく咲いたら私から花束をもらった気分になってください』

などと白薔薇《しろばら》の種を同封してきたり、ますます早熟で生意気に育っている様子に苦笑を誘われたが、そのうち国情や跡継ぎ王子としての悩みなど真面目なことも書いてくるようになった。

虫害《ちゅうがい》という言葉も、北方で井戸を掘っていたら黒い水が出てきて、燃料になる油だったなどという話も義弟の手紙で初めて知った。

書物の知識はあっても、離宮の外の世界のことがまるでわからず、兄なのに頼りにならない

自分が不甲斐《ふがい》なかったし、本来は第一王子の自分が背負うはずだった重圧を六つ下の義弟ひとりの肩に負わせていることも済まなく思ったが、せめて悩みを吐き出してきたら解決できなくても共に悩み、その都度励《はげ》ましの言葉を返事に綴《つづ》った。

城と離宮の往復書簡は何年も続き、それだけでも充分だと思っていたが、最初の出会いから八年後、十六歳になったゲルハルトと思いがけず再会が叶った。

ゲルハルトの誕生祝いの花火を庭から眺め、心の中で祝いの言葉を告げてから中に戻ろうとしたとき、ふと森の入口にカンテラの小さな光が見えた。

夜目で、遠目で、薄布越しでもあり、近づいてくるのが何者かわからず緊張する。

食材の届く日は一昨日《おととい》だったし、夜に王宮からの使いが来たこともなかったので、すぐ逃げられるように距離を測りながら窺っていると、

「兄上！」

と聞き覚えのない少年の声が聞こえた。

八年前に聞いた男の子の声ではなかったが、自分に『兄上』と呼びかける相手はひとりしかおらず、「ゲルハルト⁉」と思わず上ずった声を上げてから、急いで背を向ける。

「お久しぶりです、兄上」

弾《はず》んだ声をかけられてこちらも胸が詰まったが、

「……ゲルハルト、どうして……ここへは来てはいけないはずだし、いまごろ祝宴では……、

見張りの者たちがすぐ連れ戻しに来るだろうから、騒ぎにならないうちに早く帰りなさい」

と心を鬼にして告げる。

八年ぶりに会えた義弟を追い返すのは忍びなかったが、もし来ても会わずに帰すように言われているし、また生死をさまようような病に罹《かか》ってほしくなかった。

が、背後から立ち去る気配はなく、さらに声が近づいてきて、

「御心配なく。こういう大事なときに備えて、普段はこちらに来たがっているそぶりを見せずに油断させてきましたし、見張りには一服盛った祝い酒をふるまって寝かせてきたので、しばらくは大丈夫です」

と悪戯《いたずら》っぽい口調で言いながら、義弟がすぐ後ろまで来たのがカンテラの明るさからもわかった。

久しぶりに人の気配を近くに感じ、返事の返ってくる会話を交わせることに心が浮き立つ。その相手が唯一自分を慕ってくれる義弟なら尚更、もっと言葉を交わしたいという欲を抑えることが難しくなる。

でももしこれでまた義弟が病の床《とこ》についたりしたら、と不安も消せず、そのまま振りむけずにいたとき、

「兄上、今日はお伝えしたいことがあってまいりました。実は、私はまもなく旅に出なければなりません。跡継ぎとして近隣諸国をめぐる公務の旅なのですが、出発すれば数年は戻ってこ

られないと思うので、その前にどうしても兄上にお会いしたくて」

と切り出され、「えっ」と思わず声を上げて振り返ってしまう。

薄布越しに、自分とほとんど変わらないほど背が伸びた、記憶にある八つの頃よりずっと逞《たくま》しく育った義弟の姿が映る。

手紙からも中身が成長していることは感じていたが、外見もこんなに大きくなったのかという感慨と、いま聞いたばかりの数年国を離れるという話に声を出せずにいたとき、

「……兄上、そのお顔の布は……?」

とゲルハルトに眉を顰《ひそ》めて問われた。

ハッとして、急いでまた背を向けながら、

「……これは、誰にも直接瞳を見せないように、常につけるように言われているんだ。この目で直視して相手になにかあったらまずいから」

と俯《うつむ》いて小声で言うと、ゲルハルトはしばし黙ってから、

「……きっと私のことがあってから、それをつけさせられることになったのでは……。申し訳ありません、ご不便でしょうに」

とすこし悔しそうな声で言った。

きっかけはそうだとしても、もう慣れたし、おまえが気に病むことじゃない、と背を向けたまま首を振ると、背後でゲルハルトがカンテラの灯りを消す気配がした。

ふっと辺りが暗くなると、ゲルハルトが後ろからリンツェットの薄布の結び目をほどいた。はらりと顔から布が外れ、直《じか》に夜気が頬に触れる。

「なにを……」と咄嗟《とっさ》に手で左目を隠すと、

「大丈夫です、隠さなくても暗くて見えませんから。それに私が前に熱病になったのは、従僕からうつされただけで、兄上の目のせいではないですし」

と後ろから左手を下ろされ、そのまま振り向かされた。

自分のせいではないという言葉も、人に触れられることも何年もなかったことで、嬉しくて胸が詰まる。

星灯りだけで見る義弟の顔は、やはりどこか昔の面影があり、懐かしくて目をそらすことができなくなる。

すこしだけならこのまま話しても大丈夫だろうか、と義弟への慕わしさに抗《あらが》えなくなり、リンツェットは薄闇の中で左耳にかけていた横髪を前に垂らし、金瞳を隠しながら言った。

「……じゃあ、ほんとにすこしだけ……。大きくなったね、ゲルハルト。手紙も嬉しいけれど、やっぱり本物のおまえに会えて、直接声が聴けて、本当に嬉しいよ。……おまえが旅に出たら、いまのように手紙のやりとりができないだろうし、すこし淋しいけれど、おまえなら立派に公務を果たせるだろうから、気をつけて行っておいで」

心から告げると、ゲルハルトは真面目に頷いた。

「ありがとうございます、兄上。行く先々で父上に宛《あ》てて報告書を書かなくてはいけないので、私信を書く暇があまりないかもしれませんが、兄上にも手紙を書きます。すこし間遠になってしまうとは思いますが、必ず書きますから、気長に待っていてください」

「わかった。でも無理はしなくていいよ、父上への報告書が優先だし」

もう二十二になったいまでは、父にすこしでもいいから愛されたいという渇望《かつぼう》に心を乱されることはなくなっている。

愛しても必ずしも愛し返されるわけではないし、望みや期待は大抵叶わないものと早くから学んでいるので、義弟からの手紙が届かなくても仕方ないと受け入れられるし、もし一通でも届けば何倍にも喜べる。

一通も来なくても、いままでにもらった手紙を読み返せば充分楽しめるし、と無欲に微笑むと、

「実は、いまも一通書いてきたのです」

とゲルハルトが神妙な顔つきで白い封筒を取り出した。

「おそらく無事に帰ってこられると思うのですが、旅に危険はつきものなので、万が一私が旅の空で命を落とすようなことがあったら、そのときにこれを読んでいただきたいのです。……ただ、それまでは開封せず、私が生きて戻れば読まずに捨ててほしいのですが、お約束を守っていただけますか？」

「……」

縁起《えんぎ》でもないことを言われ、リンツェットは戸惑う。

旅をしたことがないので想像がつかないが、きっと精鋭の護衛がつく使節団でも、なにがあるかわからないものなのかもしれない。

しばしためらってからリンツェットは差しだされた封筒を受け取り、

「……一応預かるけれど、必ず無事に帰ってくると信じているから、これを読む機会はないよ」

というと、ゲルハルトは一瞬なにかを言いかけ、すぐに覚えのある悪戯っ子のような表情を浮かべた。

「兄上が途中で我慢できずに開封しても読めないように、特殊なインクを使いました。もしもそのときが来たら、字が浮き出てくる薬液《やくえき》を届けるように伝えてあるので、それまではただの白い紙ですよ」

そんなインクがあるのか、また高度な炙り出しのような手の込んだ悪戯をして、と苦笑する。

ふと前にレモン汁の炙り出しの手紙に同封してくれた種で育てた白薔薇を使った香り袋を身につけていることを思い出し、

「ゲルハルト、昔わたしに白薔薇の種をくれただろう？　冬薔薇だからいまは咲いていないけれど、毎年綺麗に咲くんだよ。よかったら、去年の薔薇で作った香り袋を、旅のお守りがわりにもらってくれないかな」

と腰に提げた香り袋を外す。

母が魔除《まよ》けによく作っていた、乾かした花びらと柑橘《かんきつ》の皮や肉桂《にっけい》、没薬《もつやく》や乳香《にゅうこう》などを混ぜ、薔薇を煮詰めた精油《せいゆ》をかけたものを真似て作ってみたが、ゲルハルトなら片青眼《かたあおめ》が身につけていた香り袋など縁起が悪いなどとは言わないような気がして遠慮がちに差しだす。

「あの薔薇を使って兄上がこれを……？　ありがとうございます、嬉しいです。旅の間、肌身離さず身につけますね」

案の定ゲルハルトはためらいなく受け取って香りを嗅《か》ぎ、「よい香りですね」と笑ってすぐに自分のベルトに結んでくれた。

ホッと微笑んで、こんなに喜んでくれるなら、ともっと喜ばせたくなり、ゲルハルトにちょっと待っててくれるように頼み、急いで今日焼いたフェンネルシードケーキを厨房《ちゅうぼう》に取りに行き、布に包んで戻ってくる。

「おまえが今日来てくれるとわかっていたら、もっと凝《こ》ったものを作りたかったけれど、誕生祝いにこれを。十六歳の誕生日、おめでとう」

きっと王宮の晩餐会《ばんさんかい》の御馳走《ごちそう》とは比べ物にならないが、初めて心の中だけでなく直接本人に誕生祝いを告げられることが嬉しくて、素朴な焼き菓子をプレゼントする。

「……え。兄上が手ずからお焼きになったのですか？　いますぐいただいても？」

ゲルハルトは勢いこんでそう言い、すでに満腹だろうにその場で包みを開き、一切れ摘《つ》まんでパクリと口に入れた。

ひと口味わってから無言で齧《かじ》ったものを戻して包み直したので、口に合わなかったんだろうか、と不安に駆られたとき、

「兄上はすごいですね。こんな美味しいケーキ、初めて食べました。大事にゆっくり食べたいので、残りは持って帰ります」

とまた包みの上から香ばしい香りを吸い込むようにしてにこにこされ、それはさすがに誉めすぎでは、と恐縮しつつも、人に自分の作ったものを食べてもらうのも、美味しいと喜ばれるのも初めてで、胸の奥が痛いような気分になる。

嬉しくて泣きそうになるのも初めてで、何度か瞬《まばた》きをして誤魔化《ごまか》していると、ゲルハルトがふと笑みを潜《ひそ》め、真顔で見つめてきた。

物言いたげなのに黙って見つめるだけの義弟を不思議に思い、

「……どうかした？」

と問うと、ゲルハルトはややためらうような間をあけてから、

「……あの、兄上、つかぬことをお伺いしたいのですが……」

と切り出し、また口を噤《つぐ》んでしまう。

小首を傾げ、「構わないから、どうぞ？」と促《うなが》すと、ゲルハルトは小さく頷いて、

「はい、では……ええと、もうそろそろ城に戻らなくてはならないので、前置きなしで単刀直

入にお訊ねします。兄上はとうにオメガとしてお目覚めだと思うのですが、その、発情期の折に、何者かと、たとえば荷運びの者などに、お身体を鎮《しず》めるお相手をさせたりしておいでなのでしょうか……？」

と真剣な顔で訊ねてきた。

「……え？」

急になにを言いだすのかと呆気《あっけ》に取られる。

昔から早熟で、八つの時から側女《そばめ》になれだのなんだの言っていたが、ふざけているのではなく本気でそんなことが聞きたいんだろうか、と困惑する。

普通の家族や兄弟というものをよく知らないが、あまりこんな下世話な話を兄弟間で赤裸々《せきらら》にしたりしないのでは、とリンツェットは訝《いぶか》しむ。

もしかしたらオメガは発情期に誰かれ構わず交合《こうごう》したがるものだと人から聞いて、自分の義兄が王族の端くれなのにそんなふしだらな真似をしていたら身内として恥だと思っているのかも、と思い当たり、

「……おまえが案じるようなことはなにもないよ。その時期はちゃんと薬を飲んで対処できているし……」

と気恥ずかしさを堪《こら》えて伏し目がちに身の潔白《けっぱく》を伝える。

初めて発情期を迎えたのは十七歳の頃で、読書中に突然身体が熱くなり、ほのかに身体から

花の香りが漂いはじめ、風邪の微熱とは違うなにかおかしな感覚に、これがそうかも、と用意しておいた抑制剤《よくせいざい》を飲んだらすぐに落ち着いた。

それ以降は兆《きざ》しを感じたら早めに薬を飲んでおり、激しい肉欲を持て余して鎮まらないような経験は一度もない。

でもまさかこんなことを義弟に訊かれるとは、とうっすら赤くなって困っていると、ゲルハルトはほっと小さく息を吐き、さらに身を乗り出すようにして言った。

「そうですか。では、兄上がいままでこの離宮で出会った者の中に、『運命の番《つがい》』だとお感じになった相手もおりませんよね……？」

また妙な気迫を感じる形相《ぎょうそう》で問われ、

「え……、うん」

と口ごもり気味に頷く。

オルソラたちから「運命の番」という、ひと目会った瞬間に生涯唯一の相手だとわかる特別な存在がどこかにいると聞いたが、自分がそんな相手にめぐり会う可能性は万にひとつもないとわかっている。

もし荷運びの者の中にいたとしても、片青眼を恐れて近寄りもしないし、もし本当に「運命の番」に出会えても、自分の目のせいで不幸にするかもしれないと思うと結ばれる勇気も出ないし、そんな相手は最初から現れてくれなくていい。

それにしても、何故義弟はそんなことを訊くんだろう、と怪訝《けげん》に思っていると、ゲルハルトはまた安堵したような吐息を零《こぼ》した。

「とりあえず、それだけ伺えれば結構です。いろいろ不躾《ぶしつけ》なことをお伺いして失礼しました。大事な兄上がそんじょそこらの荷運びあたりを相手にしていたらどうしようと気が気ではなかったのですが、まだ特別な相手もおらず、清らかだと伺って安心しました。兄上はずっとそのままでいてくださいね」

「……うん」

頼まれなくてもそうするしかないし、どうしてそんなことで安心するのかよくわからないが、弟というものは兄を神聖視するものなのかもしれない、と思いながら、リンツェットはゲルハルトに言った。

「『運命の番』とは違うけれど、わたしにも特別な相手はいるよ」

「えっ！」と目を剝《む》く義弟に笑みかけ、

「おまえはわたしにとって、唯一無二の特別な存在で、かけがえのない大切な弟だよ。だから無事に務めを果たして、元気に帰っておいで」

と心から伝えると、ゲルハルトは唇を引き結んでこくりと頷いた。

「はい、必ず。……出発前に兄上にお会いできて、本当によかったです。餞別《せんべつ》に香り袋も焼き菓子もいただいたし、御礼に異国でなにか素敵なものを見つけたら土産に持ち帰りますね。それまでどうぞお元気で」

そう言ってゲルハルトはリンツェットの掌《てのひら》を両手でぎゅっと包むように握ってから、またカンテラに火を灯《とも》して王宮へと帰っていった。

遠ざかっていく光の点が完全に消えてからしばらくして、リンツェットは館に戻る。

また突然の訪問に驚かされたが、幸せなひとときだった。

外交使節の旅と言っていたが、自分には異国を周遊するなど夢のまた夢で、自分の分まで旅を満喫《まんきつ》してきてほしい、と思いながら、ゲルハルトから預かった封筒に目を落とす。

もし旅先で客死《かくし》したら読んでほしいと言われたが、おかしなインクを使ったそうだし、きっとあの子のことだから、本気の遺言のようなものではなく悪戯じみた内容だろうし、何事もなく無事帰ってくるだろうから、戻ってきたら本人の口からなにを書いたか教えてもらおう、と微笑して大事に引きだしにしまう。

その手紙になにが書かれていたのか知るのは二年後のことになるが、そのときリンツェットは早熟《そうじゅく》で生意気で憎めない義弟の本心を知ることになった。

＊＊＊＊＊

ゲルハルトの手紙だけが外部の貴重な情報源だったリンツェットには、義弟《おとうと》の不在の間、フォンター周辺の情勢が不穏になっていることを知るすべがなかった。

ゲルハルトは異国から何通か手紙をくれたが、美しい景色や建造物、珍しい風習、美味《おい》しかった料理のことなど楽しいことばかりが書いてあり、のんきに旅行気分を味わわせてもらうだけで、義弟の真の旅の目的までは見抜けなかった。

森を隔《へだ》てた王宮では隣国の駐在大使や諸国に放った間諜《かんちょう》から早馬で何通も密書が届き、度々《たびたび》御前会議が開かれていたが、離宮にいるリンツェットには与《あずか》り知らぬことで、ひとり静かに平素と変わらぬ暮らしを続けていた。

ゲルハルトの帰国を知ったのは、十八回目の誕生日の数日後、食材の箱に新しい手紙を見つけたからだった。

『兄上様、ご無沙汰《ぶさた》いたしております。お変わりありませんか？　私は先日無事帰国いたしました。すぐにも離宮にお伺いしたいところなのですが、そうもいかない事情がありまして、実はマクセンとルーダイエの開戦が時間の問題とみられており、フォンターも危機に晒《さら》されています。十年続いた前回の戦では、互いの領地に侵攻する際、フォンター領内も戦場にされ、多くの町や村が破壊され糧食《りょうしょく》や女性が略奪されたのですが、今回は両国とも我が国がやっと軌道《きどう》に乗せた油田《ゆでん》に目を付け、フォンター全土を掌握《しょうあく》してから相手国に攻め込む気でいます。私の旅は援軍を恃《たの》むことが目的で、大国のダウラートが派兵を了承してくれました。ダウラートには両国に匹敵する軍事力があり、味方にすればこれほど心強い国はありません。いまダウラートの全権大使が王宮に来ており、細かな取りきめをしているところです。若輩《じゃくはい》ながら私もフォンターの民を守り切れるよう微力《びりょく》を尽くす所存です。すべてが落ち着いたらまたご報告いたします。ゲルハルトより』

とあり、初めてフォンターが大変な状況に置かれていることを知った。

義弟の旅は歳若い王子の社会勉強のようなものではなく、もっと重い任務を負ったものだったと初めて知り、だからもし命を落としたら、などと縁起《えんぎ》でもない手紙を残したのか、と合点《がてん》がいった。

でも、十八の義弟が国のために動いているのに、自分は何も知らされなかったとはいえ、こんなところで無為に過ごしていていいのだろうか、と焦《あせ》りも覚える。

自分にも協力できることがあればなんでもやりたいが、外交でも実戦でも役に立つような力も技術もなく、片青眼《かたあおめ》の出る幕はないと言われるのが関の山かもしれない。

もし本当にひと目で相手の息の根を止める力が確実にあるなら、国境警備隊に志願して「命が惜しくば、退《ひ》け！」と敵に片青眼の力を使いたいが、そんな百発百中の力などないのがもどかしい。

普段は呪わしい力を発揮したら困るので、わざと試したことはないが、意識的になにかを殺意を持って凝視《ぎょうし》して、片青眼の威力が発揮できるか特訓してみたほうがいいだろうか、でも鳥やねずみでも本当に死んでしまったら心苦しいし、などとあれこれ悩む。

ハラハラと気を揉《も》みながら次の報《しら》せを待つことしかできずにいたとき、リンツェットのもとに思わぬ訪問者が夜闇《よやみ》に紛《まぎ》れてやってきた。

ゲルハルトから手紙を受け取って数日後の夜、離宮の前に二頭の馬が止まった。

馬のいななきと扉を叩く音に気づいて急いで燭台《しょくだい》を手に駆け付けると、扉の向こうにふたりの男性が立っているのが薄布を透かして見えた。

ひとりはうっすら覚えがあり、十年前に一度会った宰相《さいしょう》のヴェルツで、髪に白いものが増えていても面影があったのですぐわかったが、その隣の壮年の男性は初めて見る顔だった。

五十前くらいの頑健《がんけん》そうな体軀《たいく》の男性はまた別の役職の父の側近《そっきん》だろうか、と思いながら会《え》釈《しゃく》して、宰相に目を戻すと、

「第一王子様、長《なが》の無沙汰《ぶさた》と、夜分の訪問をお許しください。以前にもお目にかかりましたヴェルツにございます。本日は国王陛下のお供でまいりました」

とお辞儀をしながら言った。

「え……？」

思わず目を瞠《みは》って息を飲む。

「国王陛下」ということは、こちらの御方が、父上なのか……？

まさか自分を疎《うと》んじているはずの父王自《みずか》ら訪れてくれるとは思わず、どう反応していいかわからなかった。

少年時代は片恋のように慕《した》いながら、いくら願っても叶わないと諦めをつけた父が突然目の前に現れ、内心おろおろしてしまう。

威厳のある風貌はどこか義弟と似ている気もして、自分とも似ているところがないか思わず探したい衝動に駆られるが、薄布越しでも片青眼に食い入るように見られたくはないだろう、と急いで目を伏せる。

きっと初めての父子《おやこ》の対面でも「父上、お会いしとうございました」と自分が言ったところでありがた迷惑だろうし、父親としてではなく、国王陛下に対する態度を取るべきかもしれない、とリンツェットは片膝を折って臣下の礼を取る。

「お初にお目にかかります、リンツェットにございます。陛下には、これまで二十四年の長きに亘《わた》り、暮らしが立つようにご配慮いただき、深く感謝いたしております」

そう言って頭を下げると、

「立つがよい。そなたは余《よ》の息子である。父にそうかしこまることはない」

と頭上から低い声が届く。

「……っ」

はっきりと『息子』と告げられ、驚きで息が止まる。

初めて耳にした父の声にも、言われた言葉にもじわりと胸が熱くなる。

片青眼など自分の子ではないと思われているに違いないとずっと思ってきたので、本当に息子だと思ってくれるのか、と潤《うる》みだす瞳で薄布を通して父の顔を見上げると、片手の掌《てのひら》を軽く上げて立ちあがるように示される。

夢うつつの心地で立ちあがり、ふたりを中に案内する。

ふたりに椅子を勧め、自分は立ったまま、

「……父上、改めまして、ようこそお越し下さいました」

と今度は息子として挨拶する。

初めて「父上」という呼称《こしょう》で呼びかけられることに感激で声が震えそうで、なんとか堪えながら唇を動かす。

「数日前に届いたゲルハルトからの手紙で、いまフォンターが大変な状況の只中《ただなか》にあると知りました。その対応できっと御心労が積もっておいででしょうに、こちらまでお運びくださりありがとう存じます。今宵《こよい》のおでましは、どのような用向きで……？」

もしなんの用もなく、ふと気が向いて、気分転換にもうひとりの息子に会いに行ってみるかと思い立ってくれたということでも全然構わないし、むしろ嬉しいけれど、と思いながら返答を待っていると、父が頷きながら言った。

「多少状況を知っているのなら話がしやすい。リンツェット、そなたに頼みがあるのだ。フォンターのためにダウラートへ人質として行ってもらえぬか」

「……え？」

父の声が平板《へいばん》だったので「人質」という言葉の意味がなにか別のものだったかとしばし考えてしまう。

ぼんやりと鈍《にぶ》い反応しかできなかったリンツェットに、父はちらりと宰相を見やり、代わりに一から説明させた。

「第一王子様、我が国が絶対に回避したいのは領内での戦闘とマクセンとルーダイエのいずれかに占領されることです。ダウラートは勇猛果敢な八十万の兵を有《ゆう》し、我が国の防衛に必要な数の軍隊に駐留してもらえれば、これまでのように自軍だけで左右の国境を守り切れずに二国の侵入を許すことを回避できます。最強を誇《ほこ》るダウラート軍が睨みをきかせているだけで、おそらくマクセンとルーダイエは我が国に手出しができず、実際の戦闘をせずに平和を維持《いじ》することができます。ある程度の対価を払ってでも駐留軍を恃《たの》むほうが、戦闘で失う損失に比して価値が高いのです。さらに駐留軍は戦闘せずに兵を遊ばせておくのはもったいないと、我が国の軍隊の強兵化や、最新の治水《ちすい》技術で河川《かせん》の護岸《ごがん》工事も請け負ってくれるとのことで、我が国としては是非ともダウラートと手を結べたらと考えております。そのためにあちらが提示してきた、御前会議にダウラートの執政官《しっせいかん》の席を設《もう》け、裁量権《さいりょうけん》を与えることと、油田の利権の三分の一を移譲《いじょう》すること、王位継承権のある者を人質としてダウラートに預けるという条件を飲むことになりました」

「……」

その条件はほぼフォンターがダウラートの属国になるのと変わりはないのでは、と思ったが、マクセンとルーダイエのどちらかの支配下に置かれれば戦で被害を蒙《こうむ》る上に自治も保てず、油田の利益もすべて搾取《さくしゅ》されるに違いなく、ダウラートと組んで名より実を取ることにしたのも納得はいく。

でも、「王位継承権のある者」という人質の条件に自分はそぐわず、正統な王位継承者のゲルハルトを守るための囮《おとり》に過ぎないのは子供でもわかる。

自分も義弟を人質に取られるのは避けたいが、きっと父や重臣たちは片青眼の王子を人質に出してもなんの痛痒《つうよう》もなく、ちょうどいい人材がいてよかった、やっと穀潰《ごくつぶ》しの有効な使い途《みち》が見つかった、遠くに連れていってくれてむしろありがたいくらいの気持ちでいるのだろう、と心がしんと冷える。

……また同じ過《あやま》ちを繰り返してしまった、とリンツェットは自嘲の笑みを刷《は》く。

こんな虚《むな》しくみじめな思いをしたくないから、なにも期待しないようにしようと自戒していたはずなのに、二十四年間足を向けてくれなかった父が初めて離宮を訪ねてくれ、「余の息子」

だと言ってくれたと舞い上がり、やっと自分を受け入れてくれたのかと喜んだら、人質という体《てい》のいい厄介払《やっかいばら》いをされることになるとは。

どうして自分は得られないとわかっているものを愚《おろ》かにも欲しがってしまうのだろう。

見返りを求めず、ただ自分が思慕《しぼ》の念を抱いているだけでいいと思っていたはずなのに、やはり本当は欠片《かけら》でも情が欲しくて、懲《こ》りずに欲をかいて傷つくなんて、学ばないにもほどがある。

片青眼が愛を乞うても無駄なのだから、せめて初めて父が自分に望んだ頼みごとを快諾《かいだく》すれば、すくなくともこれ以上疎《うと》まれることはないだろう、と悲しく覚悟を決める。

この離宮で一生飼い殺しにされるのも、見知らぬ異国の人質になるのも、場所が変わるだけで同じことだし、行けばフォンターの民が戦禍《せんか》や洪水に苦しむことがなくなり、可愛い義弟を国に残すことができるのだから、とリンツェットは伏せていた目を上げる。

「……わかりました。わたしでお役に立てますなら、謹《つつし》んでダウラートに参ります。……ただ、わたしが『王位継承者』とダウラート側に認められますかどうか、すこし気がかりなのですが……」

きっと向こうも人質としての価値が高い者を望んでいるだろうし、すこし調べれば片青眼でずっと幽閉《ゆうへい》されていた名ばかりの王子だとすぐにわかってしまうのでは、と案じながら言うと、父がすっくと席を立ち、リンツェットの前まで来て顔の薄布を外した。

ハッと息を飲むリンツェットの目を逸《そ》らさずに見つめながら、父は言った。

「そなたは余の嫡男《ちゃくなん》で、正式なフォンターの第一王子だ。目のせいでそばに置くことは叶わなかったが、ヴェルツからどこに出しても恥ずかしくない知性と優雅さのある王子だと聞いている。髪の色も面差しも前妃《ぜんひ》を思い出させるし、長らく淋しい暮らしをさせたことを済まなく思う。……そのうえ人質としてさらに淋しい思いを強《し》いる父を許せ」

「……」

それが本心なのかは、それまでの仕打ちから思えば鵜呑《うの》みにしていいのかわからなかったし、すんなり人質に行かせるための詭弁《きべん》かもしれないが、直《じか》に自分の目を見つめるのは父にとっては勇気の要《い》る行為のはずで、真実の言葉だと額面《がくめん》どおり受け取ったほうが自分の心も慰められた。

冷たい処遇を恨んだこともあるが、この世に生を受けたのも、ここまで生きてこられたのも父のおかげでもあるし、もうこの言葉だけを胸に残して悲しい記憶はすべてこの地に置いて新しい場所へ行こうと思えた。

「……わたしがここまで生きてこられたのは父上のご厚恩《こうおん》のおかげです。いつでもダウラートに旅立てるように支度をしておきます。いままでありがとうございました。あちらでも父上と義母上とゲルハルトのご多幸《たこう》を願っております」

そう偽《いつわ》りない平らかな気持ちで告げながら頭を下げると、父は一瞬切なげに眉を顰《ひそ》め、リンツェットの肩先に自分の肩を押し当て、大きな手で背中をぽんぽんと二度叩いてから宰相と共に城へと戻っていった。

それが父に触れてもらった最初で最後の機会になったが、いつも離宮から遠く城を眺めていただけの身には充分嬉しくありがたく思えた。

＊＊＊＊＊

翌日、物置部屋から古い旅行鞄を取ってきて、ダウラートへ行くための荷づくりをした。

人質としてどんな扱いを受けるのか不安もあったが、どこに行っても母と天に恥ずかしくない振る舞いをすればいいだけだ、と淡々と支度をする。

人質の身で大量の私物を抱えていくわけにもいかないので、最小限の衣類と手放したくない愛読書数冊と横笛、オルソラが綴《と》じて表紙もつけてくれた母が書き残してくれた遺稿集《いこうしゅう》、抑制《よくせい》剤《ざい》の予備と材料になる薬草の苗と種などを包んでいたら、玄関扉をせわしなく叩く音がした。

また父の使いかと急いで扉の鍵を開けると、義弟《おとうと》が馬を駆ってきたらしく前髪を乱し、肩を上下させながら飛びこんできた。

「兄上っ、ダウラートの人質になると本気で了承されたのですか⁉　何故そのような……きっと父上に強要されたのでしょう⁉　父上はひどい……！　ずっと兄上をこんなところに閉じ込めておきながら、必要なときだけ利用するなんて……、人質には私がなるべきだし、そのつもりでいたのにどうして兄上を……、兄上が犠牲になることはありません。こんな暮らしを強《し》いられてきた上にそこまでする義理もないですし、私が代わりますから、どうかご安心を……！」

この件について父から話を聞いたらしく、義憤《ぎふん》に駆られて自分のために必死になってくれる義弟に薄布越しに微笑《ほほえ》み、リンツェットはやんわり首を振った。

「そうじゃないんだ、強要などされていないし、犠牲とも思ってないよ。父上もちゃんと詫《わ》びてくれて、手駒《てごま》のように無慈悲に追いやられるわけじゃないし、納得して行くんだ。本当の跡継ぎのおまえを守るためだし、わたしに利用価値があるなら利用してくれて構わない。わたしにもフォンターのために役に立てることがあって、却って嬉しいくらいなんだよ」

いくばくかの強がりもあったが、義弟が自分の代わりに兄を行かせたと罪悪感を抱かないように、憂《うれ》えてはいないことを強調すると、ゲルハルトは「兄上……」と裏切られたような声を出した。

「……兄上は、何故そのように落ち着いておいでなのですか……？　私と別れることなど、兄上にとってはどうでもいいことなのですか……⁉　私はまったく平気ではありません。小国のフォンターはおそらく長期に亘《わた》りダウラートを頼らねばならず、どちらかが人質になれば二度と会えなくなるのに、兄上はちっとも悲しくないのですか……⁉」

うっすら涙を滲《にじ》ませて薄情だと眼差しで詰《なじ》られ、リンツェットは唇を噛む。

もちろん平気なわけはないし、母やオルソラたちと別れてから唯一の味方だったゲルハルトと離れることはなにより辛く悲しいが、大切な義弟を人質にするより自分がなったほうがましだから決意したのであって、喜んで別れたいわけではない。

ただ義弟よりは悲しいことを多く経験してきて、泣いて抗《あらが》ってもどうにもならないことがあると身にしみているし、心のままに泣き叫んで悲しむことができないだけで、悲しみを露《あら》わにしないから悲しくないのかと責められると立つ瀬がない。

この顔の薄布に遮《さえぎ》られずに、直《じか》に自分の瞳を見てもらえれば、きっと本心が伝わったかもしれないのに、と思いながら、

「……ゲルハルト、おまえと会えなくなることは、ほかの誰と別れるよりも辛いよ。でも、ほかに手立てがないことは次期君主のおまえにもわかるだろう？　いままでも会いたいときにすぐに会えたわけではないし、人質になってからも手紙は出せるはず。おまえとは距離が離れても、兄弟の絆《きずな》は切れないと信じているから、泣かないだけだよ」

と心を込めて伝えたとき、ふいにほのかに花の香りが己の身体からくゆりだすのがわかった。

「あ……」

覚えのある微熱感にリンツェットは薄布の内側で顔をこわばらせる。

いままで発情期を人前で迎えたことがなく、それも一番醜態《しゅうたい》を見せたくない義弟の前で兆《きざ》してしまうなんて間が悪すぎる、と焦《あせ》りながら、

「あの、ゲルハルト、悪いけれど、もう帰ってくれないか。すこし気分が悪くて……」

と顔を背《そむ》けて告げる。

早く追い返して薬を飲まなければ、と半分身体を自室に向けたとき、

「兄上、もしやこの香りは……」

とゲルハルトが語尾を飲みこみ、磁力に引かれるように一歩踏み出してくる。

ぎょっとして総毛立《そうけだ》ち、義弟がアルファだということを思い出して、リンツェットは身を固くしながら首を振る。

「ゲルハルト、早く出ていけ」

初めて義弟を怖いと感じ、常にないきつい口調で命じ、踵《きびす》を返して自室に駆けこもうとしたとき、背後からぎゅっと手首を摑まれた。

ぎくりと硬直し、早く振りほどいて薬を、と焦るのに、もう背も自分を越した義弟にきつく握られた手首はびくともしない。

こくりとゲルハルトの喉が上下する音が耳に届き、

「兄上、もう会えなくなるのなら、我慢などする意味はないはず。兄上のことをずっと想ってきました。初めて出会った八つの頃から、兄としてではなく、恋しい御方として」

と思い詰めた声で告げられた。

「……えっ？」

まさかの告白に言葉を失う。

半分血の繋《つな》がった実の兄弟なのになにを言いだすのかと信じられなかった。

「兄上、二年前、私が旅の空で客死《かくし》したら読んでほしいとお預けした手紙は、兄上への恋文です。もし何事かあって死に別れたら私の想いを兄上が知らぬままだと思うと無念だったので。生きて戻れば伏せておくつもりでしたが、人質として生き別れるなら、もう隠しません」

その声も、手首を摑む掌《てのひら》の熱さも、義弟の想いの強さを伝えてくるようで、火に焙《あぶ》られたように熱くなる。

鼓動がありえないほど逸《はや》り、息も荒くなり、こんなになるまで薬を飲まなかったことがないので、どうなるのかとおののきながら首を振る。

「……ゲルハルト、落ち着いて……、わたしたちは兄弟なのだから、『恋』なんておかしいだろう……？」

声が掠《かす》れて震えるのをなんとか抑《おさ》え、幼子《おさなご》を諭《さと》すように言い含める。

きっとゲルハルトは強い兄弟愛を恋心と取り違えているだけで、いまもオメガの誘惑香《ゆうわくこう》に惑

わされておかしな態度に出ているだけだ、と自分に言い聞かせながら手首を振りほどこうとすると、

「血の繋がりなど半分だけではありませんか。私は兄上でなければ嫌なのです。兄上だって、私を『唯一無二の特別な相手』だとおっしゃったではありませんか！　八つのときも本気で『側女《そばめ》にしたい』と思ったし、私のものになってほしくて何度淫夢《いんむ》を見たことか。兄上、もう離ればなれになることが避けられぬなら、夢をまことにさせてください。一度だけでいい、どうか私のものに……！」

と強く腕を引かれて振り向かされ、薄布越しにぶつけるように唇を押し付けられた。

「……っ！」

わずかな布を隔《へだ》て、相手の唇の熱や吐息が伝わり、ぞくりと背筋に震えが走る。

その震えが恐怖からなのか、官能のせいなのかわからなかったが、たとえ発情期で理性が本能に食いつくされても、最愛の「弟」のゲルハルトと禁忌《きんき》の一線を越えることはできなかった。

必死に胸を押して顔を背け、

「……ゲルハルト、こんなことはいけない。わたしもおまえを愛しているけれど、『弟』としての愛だから、どんなに乞われても、神をも畏《おそ》れぬ行為は絶対にできない。いま聞いたことはすべて忘れるから、早く頭を冷やしなさい」

とこめかみをどくどく流れる血の響きに眉を顰《ひそ》めながら、兄としての威厳《いげん》をこめて告げる。

ゲルハルトは昏《くら》い光を宿した瞳で首を振り、

「嫌です、神など畏れません。兄上が欲しくて気が狂いそうなのです。兄上を一度でも抱けたら、天罰が下《くだ》っても構わない。……兄上も私を本気でお厭《いと》いではないでしょう？　こんなに甘い香りで煽《あお》っておいて、私を求める気持ちが欠片《かけら》もないとは言わせない。どうかいまだけ、兄と弟ではなく、ただのアルファとオメガに……！」

と強く抱きすくめられ、そのまま床に引き倒される。

玄関ホールの床に両手をひとまとめに押さえつけられて、顔の薄布を剝《は》がされる。情欲に歪《ゆが》む義弟の顔を、こんなときでも直に片青眼《かたあおめ》で見てはいけないと咄嗟《とっさ》に目を瞑《つむ》ると、受け入れたと思ったのか襟元《えりもと》を摑んでビリッと手荒に引き裂かれる。

母が案じたオメガゆえに尊厳を踏みにじろうとする者が、よもや義弟とは、と閉じた瞼《まぶた》から涙を滲ませ、

「だめだ、ゲルハルト！　嫌だと言っている……！」

と必死に身をよじって抵抗したとき、

「畏れながら第二王子様、おいたはそこまでになさるべきかと。個人的にはご兄弟でも合意の上ならよろしいのではと思いますが、どう見ても合意には見えませんし、力で想いを遂げても、きっと後悔なさるだけですよ。本気でお慕《した》いしているなら尚更、身体を奪う前に、まず心を奪う努力をなさるべきです」

と聞き馴染みのない物柔らかな声が聞こえた。

目を開けると、黒い軍服姿の長髪の美しい男性と目が合い、心臓を素手で摑まれたかのようにぎゅっと胸が締め付けられ、鼓動が数拍止まる。

相手は自分の上に覆《おお》いかぶさるゲルハルトの肩を摑んで引き起こし、

「……アラリック殿、なにゆえ貴公《きこう》が……」

と気まずそうに口ごもりながら義弟がリンツェットの上から身をどかす。

リンツェットもやっと拘束《こうそく》を免《まぬが》れた身体をなんとか起こし、急いで引き裂かれて肩や胸が露《あら》わになったシャツを掻き合わせながら俯《うつむ》く。

アラリックと呼ばれた男はリンツェットのそばに来て、着ていたマントを脱いでそっと肩に羽《は》織《お》らせてくれ、なぜか相手に近づかれただけで鼓動が狂ったように猛《もう》打《だ》し、くらりとめまいまでしそうになる。

己の奇妙な反応に戸惑っていると、アラリックはゲルハルトの腕を取って立たせながら言った。

「先刻陛下から、ダウラートまでお連れするのは第二王子様ではなく第一王子様だと伺ったので、ご挨拶《あいさつ》がてら様子伺いに来たのですが、まさかこんな修羅場《しゅらば》に踏み込むことになろうとは……、人の恋路を邪魔する趣味はありませんが、相手の意を汲《く》まずに力ずくで事に及ぼうというのは、王子としても男としてもお情けないかと。まだお若いし、この魅惑的な香りに我を忘れるお気持ちもわかりますが、これ以上兄上様に幻滅《げんめつ》されぬうちに一旦退《ひ》くのが得策かと。まだ出発まで数日ありますし、挽回《ばんかい》の機会はありますよ」

にこやかに窘《たしな》めながらゲルハルトの腕に自分の腕を絡《から》め、舞踏会にエスコートするかのように滑《なめ》らかな足取りで有無《うむ》を言わさず扉まで連れ出し、

「従僕《じゅうぼく》の諸君、第二王子様を王宮にお連れして、水風呂に入れて差し上げて。すこしのぼせておいでのようだから、冷まして差しあげてほしいんだ」

と片青眼の館《やかた》に入るのを恐れて外にいた従僕たちに笑顔で言いつけ、トンとゲルハルトの背を押して追い出してから扉を閉めた。

彼はくるりと振り返り、

「さて、第一王子様、抑制剤はお持ちですか？　場所を教えていただければ私が取って参りますので、お早く」

とそれまで浮かべていた笑みを潜《ひそ》め、かすかに苦痛に耐えるような表情で告げられ、もしかしたらこの方もアルファなのかも、と思ったが、どうしてかさっきゲルハルトに感じたような恐怖感は覚えなかった。

リンツェットはからからに渇《かわ》いた唇を湿らせ、

「……だ、大丈夫です、自分で行けますから……。あなたはまだわたしに御用がおありなのでしたら、そちらの客間で、しばしお待ちを……」

となんとか声を出し、力の入らない足を叱咤《しった》しながら立ちあがる。

相手が肩に掛けてくれたマントを返そうかと思ったが、見苦しく引き裂かれたシャツを見られたくなかったし、マントを脱げば誘惑香がより強く漂ってしまいそうで怖かったし、かつて嗅《か》いだことのないすがしい香水のようないい匂いがするマントをなぜかまだ羽織っていたい気がして、そのまま襟元を摑んで足早に自室へ向かう。

日頃侍医《じい》を呼べない事情から、様々な症状に合わせて薬剤を用意してある薬棚から抑制剤の瓶《びん》を取り、一粒取りだして口に入れ、テーブルの水差しからコップに注いで薬を飲みこむ。

錠剤が食道を通過する感覚のあと、はぁ、と安堵の吐息を零《こぼ》し、効いてくるまでしばし心を落ち着けようと目を閉じて深呼吸をする。

視覚を遮断《しゃだん》した状態で深く息を吸った途端、また自分を包むマントの持ち主の淡い香りが嗅《きゅう》覚《かく》を刺激し、マントが本人になり代わって背中から抱きしめられている光景が脳裏《のうり》に浮かんでしまい、リンツェットはハッと目を開ける。

わたしはなにを考えているんだろう、と動揺して己を諫《いさ》めながら急いでマントを脱ぎ、綺麗に畳《たた》んで寝台の隅に遠ざけ、新しいシャツに着替える。

ゲルハルトに破かれた無残なシャツを見おろすと、無理矢理身体を拓《ひら》こうとした義弟の顔が思い出され、恐怖と悲しみに唇が震えてくる。

……普段のあの子なら、きっとあんなことはしなかった。いつも楽しい手紙をくれて、ずっと唯一の味方で、一途《いちず》に「兄上」と慕《した》ってくれて、まさか預かった手紙が恋文だったなんて思いもしなかったけれど、無事に戻れば告げないつもりだったと言っていたし、たとえ心の中に不穏な願いを秘めていたとしても、オメガの誘惑香を嗅《か》がなければ箍《たが》が外れることもなかったに違いない。

いままでの発情期はひとりでなんの苦もなく乗り越えてきたから、兄弟さえ惑わせる香りだなんて知らなかった、と己の性が怖くなる。

きっとゲルハルトも今頃我に返って反省しているだろうし、あの子も香りに当てられた被害者のようなものだから、もし出発前に会えたら、わたしは気にしていないから忘れるようにと伝えなければ、と思いながら、洗顔用の水盥《みずだらい》に水を注ぐ。

襲われた恐怖で額や首筋に滲んだ冷や汗と涙で汚れた顔を洗うと、すこし心が落ち着いてくる。

まともな服に着替えて顔も洗って人心地ついたせいか、徐々に薬も効いてきたようで、身体の奥の熱っぽさや呼吸も平常に近づいてくる。

もっと気を落ち着けるために、さっき床に引き倒されたときに暴れたせいで乱れた髪をくしけずる。

ふと梳《と》かしながら目を上げると、常になく念入りに髪を梳いている己の姿が鏡に映り、ハッと手を止める。

鏡台の端に置いた手すさびに作った木彫《きぼ》りの小鳥を見おろして首を振り、別にこれからあの方の前に出るから、すこしでも見映えをよくしようと整えているわけじゃなく、ただの身だしなみだから、と小鳥に言い訳する。

本当にただそれだけのはずなのに、あの美しく柔和な面差しの相手のことを思い浮かべた途端、一旦鎮《しず》まりかけた心拍が再び異様な速さで脈打ちはじめ、頬も熱くなってくる。

いつもなら飲めばすぐに効く抑制剤がなかなか効かないのがどうしてなのかわからなかったが、おさまるまでいつまでも待たせておくわけにもいかず、リンツェットは薄布できっちり顔を覆《おお》って赤い頬を隠し、マントを胸に抱えて相手の元へ向かった。

＊＊＊

「……お待たせいたしました」

客間に入り、窓から庭を眺めていた相手の姿を見ただけで、またとくんと鼓動が大きく揺れる。

どうしてこんなに長くおさまらないんだろう、兆《きざ》してすぐに薬を飲まなかったせいだろうか、それとも薬を調合するときになにか入れ忘れた薬剤でもあるのかも、と内心ひやひやしていると、リンツェットの声に振り返った相手が一瞬きょとんとした顔をし、すぐに面白そうに笑みながら言った。

「もしかして、人形芝居でもご披露《ひろう》してくださるんですか？」

「……え？　いえ、そのようなことは……」

なぜ突然「人形芝居」などと言い出すのかわからず、一体どういう文脈なんだろう、と軽く悩みながら首を振ると、

「あれ、では何故人形遣いのように布で顔を覆っておいでなのでしょう。ダウラートでお預かりしているほかの王族の方々も多彩な趣味をお持ちなので、第一王子様は人形を操るのがお得意で、お近づきのしるしに見せてくださるのかと思ったのですが、違うならそんな無粋《ぶすい》な布は是非外していただけませんか？」

とほがらかに言った。

無粋と言われても、と困りながら、

「……あなたはわたしの目について、父からなにも聞いていらっしゃらないのでしょうか？」

と確かめてみる。

もしかしたら父は片青眼のことをダウラート側に伏せたまま自分を人質にするつもりだったのだろうか、と案じつつ返事を待つと、

「瞳の色が左右で違うと伺いました。とても素敵ですね。まだお近くでご尊顔《そんがん》を拝見しておりませんが、王子様のご容貌に青と金の瞳はよくお似合いかと。宝石を埋め込んだ冠《かんむり》や首飾りなどせずとも、瞳そのものが稀少《きしょう》な輝石《きせき》のようで、人工的な装飾品など王子様には不要でしょうね」

と愛想よく言われ、この方は父の話をちゃんと聞いていなかったのでは、と危ぶみつつ、リンツェットはもう一度正確な事情を伝える。

「いえ、そのような素敵なものではなく、片青眼は不吉な死神の化身《けしん》と言い伝えられ、直視すると相手の命を奪ったり、災いを招く恐れがあるので、人と会うときはこうして目を隠さないといけないのです」

もしこのことで人質の交換を求められたりしたら困るが、隠したまま人質になって、ダウラートまでの道中やあちらについてから問題が起きてはまずい。

でも、正直に告げたことで、この方にも厭わしいものを見る目で見られたら悲しい、とおそるおそる相手の反応を窺う。

アラリックは軽く小首を傾《かし》げてから、

「とおっしゃられましても、さきほど出会い頭《がしら》に王子様とばっちり目が合いましたよね。でも災いどころかむしろ素敵なことが起きてるんですが、私には」

と楽しげに言う。

またどういう意味かわからなかったが、片青眼の呪いを軽く考えている様子の相手に、

「それは、きっと目が合ったのが右目だけだったのと、すぐ逸《そ》らしたからかと。金の瞳は特に悪《あ》しき力が強いと言われていて、薄布がないときは、必ず手や髪で左目を隠すようにしておりますし、右目でもじっと見つめずにすぐ伏せるようにしております」

と言うと、なるほど、と頷いてから相手は言った。

「ちなみにこれまで王子様が両目で見つめただけで、誰かが命を落としたことがあるのでしょうか？」

「いいえ、見つめた瞬間に相手が儚《はかな》くなったことはありませんが、わたしの両目を直接見ていた母が早くに病で亡くなりましたし、義弟も初めてわたしと会った直後に熱病に罹《かか》り、生死の境をさまよいました。それで言い伝えは本当なのだろうと、以降ずっと薄布で目を隠し、人と会うことも避けてきました」

……そうだったのですか、と彼は不憫《ふびん》そうに呟いて、

「……畏れながら、私見《しけん》を言わせていただければ、それらは単に偶然なのではないかと思うのですが。片青眼が呪わしいというのはフォンターだけの言い伝えで、ほかの土地では聞いたことがありませんし、お母上様のことは残念でしたが、たとえ王子様が片青眼でなくても、お若くして天上に招《よ》ばれたやもしれません。神は善良で欠点のない人ほど早く手元に置きたがるものですから」

と同情的な口調で言った。

「……そう、でしょうか……」

本当に自分の目と母の死が無関係かどうかはわからないが、いままでずっと因果《いんが》があると思いこんで自責の念を抱えてきたので、気休めでもそんな風に言ってもらえて心が慰められた。

愛する母が自分の目のせいではなく、素敵な人だったから早く神の御許《みもと》に招ばれてしまったのだという優しい解釈をしてくれた相手を布越しにじっと見つめると、アラリックがおどけた表情で続けた。

「それに弟君のことも、たまたま王子様と会った日に発病したかもしれませんが、兄上様に会えた喜びで知恵熱のひどい状態になっただけと気楽にお考えになられたらいかがかと。いまではすっかり兄上様に無体を働けるほど元気にお育ちですし、昔いっとき死にかけたくらい、たいしたことではありません」

「……」

本当に深刻な熱病だったかもしれないのに、そんな風に茶化すなんて不謹慎な、と窘《たしな》めたほうがいいと思いつつも、あっけらかんとした物言いについ口元が緩《ゆる》む。

「それに、フォンターの人々が信じる言い伝えは、他国から見ると若干《じゃっかん》不思議なものが多いような気がいたします。私は十日ほど前からこちらに滞在していますが、国境付近や河川《かせん》の視察をした際、何人もの村の女性から可愛いお守り袋を渡されました。ご厚意《こうい》なのでありがたく受け取りましたが、かなり異臭がするので、中になにが入っているのか訊いてみると、干した豚の睾丸《こうがん》だと聞いてたまげました。しかも結婚したい相手に贈るものだそうですね。知らずに十個もいただいてしまったのですが、ダウラートでは豚の睾丸は好事家《こうずか》しか口にしないゲテモノで、回春《かいしゅん》を狙って中年男などが串焼きにして食べますが、恋のお守りにはしませんよ」

楽しげに笑いながら、フォンターの常識が万国共通ではないことを教えてくれる。

昔母が生きていたとき、豚の睾丸のお守りは、豚のように子宝に恵まれて食べるものにも困らない幸せな結婚を祈願《きがん》して好きな相手に渡すものだと聞いた記憶があるが、他国からは奇妙な風習に見えるらしい。

片青眼についての由来は母に聞きそびれてしまったが、たぶん豚の睾丸のような一応筋の通った理由があるはずだと思う。でも異国の人から見たら信ずるに足らない不思議な迷信に思えるらしく、恐ろしがられずに普通に接してもらえるなら、こんなにありがたいことはない。

物心ついてから、薄布で目を隠していても忌《い》まわしいものとして避けられ続け、声をかけても誰も心を開いてくれず、こんなみじめで淋しい思いをするくらいならひとりでいいと諦めてきたが、はじめて家族や身内以外の人からなんのためらいもなく自然に話をしてもらえ、やっぱり自分は人恋しくてならなかったのだと改めて気づく。

このほがらかで美しくて楽しくて優しそうな人ともっと話をしたい、と思ったとき、またふわりと花の香りが匂い立つ。

ちゃんと薬を飲んだのにどうして、と焦《あせ》っていると、アラリックがにこっと笑って、窓辺を離れてこちらに向かって歩いてきた。

何故こちらに、とうろたえて後ずさろうとしたが、床に縫《ぬ》いとめられたように足が動かず、布越しに目を瞠《みは》ったまま固まっていると、アラリックはすぐそばまで来て足を止めた。

初対面の礼儀を超えた近さに戸惑って、緊張で息が詰まりそうになる。

「……ア、アラリック殿……」

か細い声で離れてくれるように頼もうとすると、スッと両腕を上げてリンツェットの顔の後ろに回し、覆い布の紐《ひも》を解かれ、白い布目を通さず一瞬直に相手の顔を見てしまう。

瞬時に目を閉じたが、直前に見た美しい貌《かお》が眼裏《まなうら》に焼きついて、どくどくと身体じゅうの血が逆流するかのように騒ぎだす。

「……う、薄布を返してください……。もしあなたになにかあっては困ります……」

相手は片青眼の呪いをフォンター限定の謂《いわ》れのない迷信だと思っているようだし、自分もそうだったらどんなにいいかと思うが、まだ確証はなく、せっかく自分を恐れずにいてくれる方の命を間違っても縮めたりしたくない。

胸に抱えたマントをぎゅっと抱きしめながら、薄布を返してほしくて片手を差し出すと、そっとその手を取られて裏返され、びくりと震えた手の甲に恭《うやうや》しく口づけられた。

驚いて硬直するリンツェットに、

「王子様、どうか目を開けてください。王子様の瞳になにかを奪う力があるとすれば、命ではありません。一国の王子様にこのようなことを申し上げていいのかわかりませんが、さきほど初めてお会いした時から、あなたのすべてに心を奪われています。おそらく『運命の番《つがい》』なのでは、と感じるのですが、王子様はそうお感じになりませんか？」

とさらに驚く言葉でかきくどかれ、思わず息が止まる。

……この方が、わたしの『運命の番』のお相手……？

頭の中で反芻《はんすう》した途端、サァッと紅潮する顔を急いで胸元のマントを引きあげて隠し、相手の唇が触れて火傷《やけど》したかのように熱く疼《うず》く手も慌てて引っ込める。

まさか自分がそんな相手と出会うことは一生ないと思っていたから、にわかには信じられない。

ひと目でほかの人とは違う感覚があるからすぐにわかると聞いているが、たしかに初めて目が合ったとき、激しく胸が騒いだし、話をしてみて、姿だけでなく心根《こころね》もよい方なのではという印象を受けた。

もしこの方が自分の『運命の番』だったら嬉しいかもしれない、と頬を熱くしたとき、ハッとリンツェットは我に返る。

いままで自分が「こうなってほしい」とか「こうだったらいいのに」と望んだことは、ことごとく真逆の形で期待を打ち砕《くだ》かれてきたから、早まらないほうがいいかもしれない。

今回も素直に喜んだら、大きな落とし穴が待ち受けている可能性は充分ある、と不安に駆られる。

自分は長らく離宮でたったひとりで暮らしてきて世間知《せけんち》に疎《うと》いし、人を見る目が確かかどうか自信もない。

何年も手紙を交わして一番親しんできたはずの義弟の秘めた心も見抜けなかったのに、今日出会ったばかりの男性が、優しく思いやりや面白味もある素敵な人に見えても、実はそう見えるように振る舞っているだけの悪人でも見抜けないかもしれない。

さっきもフォンターの村娘たちを十人もたぶらかしたようなことを言っていたし、本当は口が上手いだけの軽薄な遊び人で、ずっと幽閉されていた王子など簡単に弄《もてあそ》べそうだから、武勇伝《ぶゆうでん》に加えるために『運命の番』だと偽って手玉に取ってやろうという魂胆《こんたん》なのかもしれない。

この方を前にして胸が高鳴ったのは、十年ぶりに出会えた新しい相手だから、久々に人と話せることが純粋に嬉しくて浮かれているだけで、ほかの人でも同じように心が浮き立つかもしれない。

もしいままで自分が普通にたくさんの人と出会ってきたなら、この方に感じるときめきが明らかにほかの人とは違うと判別がつくかもしれないが、母と義弟とオルソラたちへの家族愛しか知らないのに、いきなり生涯唯一の相手だと宣言されても、相手に言われるまま認めてしまうのは早計《そうけい》で、慎重に見極めてから判断すべきだという気がする。

それに自分はダウラートに人質として行く身で、番だの恋人だのと自由に振る舞える立場ではなく、身を慎《つつし》まなければならないし……、などとぐるぐる考えながらマントに顔を埋《うず》めて黙っていると、マントの残り香と、間近に立つ本人からほのかに香ってくる同じ匂いに酩酊感《めいていかん》を覚えてしまう。

香りを意識した途端、自分からも濃い花の香りが噴き出すように立ちのぼり、身の内の奥深いところから熱いなにかがせりあがってきて、いてもたってもいられない焦燥感《しょうそうかん》に囚《とら》われる。走ってもいないのに呼吸がはぁはぁと荒くなり、下腹あたりが焼けつくように滾《たぎ》り、経験したことのない熱と疼きに苛《さいな》まれる。

これが本当の発情期なのかと、初めての狂おしい昂《たかぶ》りと餓《かつ》えに困惑して涙が滲んでくる。

浅い息をしながら必死に堪えるリンツェットの肩にアラリックがなだめるように触れ、

「……畏れながら、本当はもっと手順を踏みたいところですし、火事場泥棒のようで気が引けますが、抑制剤が効いていないようですので、よろしければ、私にお任せいただけませんか……？　お楽にして差し上げますから」

と優しく許諾《きょだく》を求められた。

「……」

さっき出会ったばかりの、本当に『運命の番』なのかもわからない、名前しか知らない相手に身を許すなんてありえないと理性では思うのに、震えを止めるように肩を抱く手のあたたかさに心がほどける。

もし自分の直感が間違っていて、この方が印象どおりの方ではなく悪い男だとしても、この気が狂いそうな劣情を鎮めるために誰かに頼らなければならないなら、ほかの誰でもなくこの方がいいと思った。

おずおずと顔を埋めていたマントを下ろし、一瞬だけ視線を絡ませてすぐに目を伏せると、言葉にしなくても相手は察してくれ、マントごと抱き上げられて自室へと運ばれた。

＊＊＊

寝台に横たえられ、身体は常になく昂ってなにをされてもいいような状態なのに、心は不安と緊張と羞恥《しゅうち》に囚われて混乱し、相手に背を向けるように横を向き、まだ離さずに摑んでいたマントで紅《あか》い顔を隠す。

昔性教育を受けた際におおよそのことは聞いたし、その後も書斎に性愛の場面がある恋愛譚《たん》があったので読んだこともあるが、自分には無縁なことだとさらっと読み流してしまい、こんなときはどう振る舞えばいいのかまるでわからない。

なにか別のことを考えたらすこしは落ち着くかと、相手が纏《まと》う香水の成分はなにが配合されているのか分析してみよう、と顔に布地を押し当ててすぅっと深く吸いこんでいると、

「随分私のマントをお気に召したようですね。私本人のこともお気に召していただけるといいのですが」

と笑みを含んだ声で言いながら、ひょいと背後から腕を伸ばしてマントを床に抛《ほう》られてしまう。

あれがないと困るのに、と心の中で言いかけると、背後で相手が服を脱いでいる衣擦《きぬず》れの音が聞こえて、また鼓動が逸《はや》る。

ぎしりと背後に相手が身を横たえ、振り向けずに身を震わせていると、なだめるようにそっとつむじあたりに口づけられる。

なんとなく、もしこの方が実は悪い男だとしても、きっと自分を辱《はずか》めるようなことはしないような気がして、すこし緊張を解くと、背中に流れる髪を片手で束《たば》ねられ、露わにしたうなじに口づけられた。

「ぁ……っ」

その優しい唇の感触に、緊張しつつもうっとりと目を閉じる。

大事そうに何度もうなじや襟元を寛《くつろ》げて肩先まで唇を落とされ、柔らかな快美感《かいびかん》に緊張が弛《ゆる》んだ肢体《したい》から器用に服を脱がされる。

恃《たの》みのマントもなく、肌を隠すものは長い髪だけにされてしまい、心もとなさと羞恥に身を縮めると、背後から、

「……王子様、どうかこちらを向いて、その瞳に私を映していただけませんか？」

と甘く懇願《こんがん》され、その声に耳を愛撫されつつも、リンツェットは首を振る。

「……いけません。あなたは大丈夫だとおっしゃいますが、まだ本当に片青眼の呪いがただの迷信か確信が持てませんし……、それにあなたを間近で見てしまうと、きっとわたしはまともではいられなくなります……」

もうとっくにまともに思考する余裕などないが、薄布を隔てずに至近距離で相手を見つめれば、相手より先に自分の寿命が縮んでしまう気がする。

背後でくすりと笑んだ気配があり、

「では手で目を隠しましょう。それなら安心でしょう？」

と片手で両目を覆われ、そのまま肩を引かれて横臥《おうが》から仰向《あおむ》けにされる。

自分で持つのは薔薇《ばら》を一輪だけ、というような優美な手元をしている印象があったが、実際に瞼の上に感じる相手の掌《てのひら》は、指の付け根や指先が固くなった剣や手綱《たづな》を扱い慣れた騎士の手で、その意外な落差にもひそかに心ときめく。

目を塞《ふさ》がれたまま相手の唇が近づいてくるのが吐息で感じられ、緊張と期待にこくっと息を飲む。

「この素敵な唇に接吻《せっぷん》しても、よろしいですか……?」

すでに心づもりができていたのに律儀に許可を求められ、訊かずにしてくだされぱいいのに、と耳介《じかい》を紅くしつつ小さく頷く。

「では、遠慮なく」と嬉しそうに囁きながら優しく唇を塞がれて背筋が震える。

幼い頃に母にされたおぼろげな記憶と、オルソラたちとの別れ際に頬にしてもらったのと、さっきゲルハルトに薄布越しにされたものしか経験がなく、こんな甘い口づけは初めてだった。

「……ん……ん……」

唇を触れ合わせるだけでこんなに気持ちいいなんて、と内心驚きながら相手の唇を味わう。

単に発情期でなにをされても感じるからなのか、相手の技量が巧みなのか、それとも好意を持つ相手との接吻だからかと分析しようとしたが、夢心地の口づけに考えがまとまらなくなる。

きっと上半分を手で隠されているから、とろんと呆けた顔つきになってしまっても気づかれないだろうと、安心して浸《ひた》っていると、ふいにパッと手をどけられた。

え、と驚いて思わず目を開けてしまい、鼻先が触れそうな距離からじっと瞳を覗きこまれ、

「思ったとおり、どちらの色合いもこの世で最も美しい宝石のようですね」

と感嘆《かんたん》され、リンツェットはボッと頬を染めながら急いで目を瞑《つむ》る。

母を亡くしてオルソラたちとも別れてから、面と向かって誉められた経験がほぼないので、こんなに臆面《おくめん》もなく絶賛されることに慣れておらずうろたえてしまう。

アラリックはリンツェットの睫《まつげ》を指先で撫でながら、

「そんな意地悪をせず、また瞳を見せてください。……それにしても、こんなに美しい瞳を布で覆って隠すなんて、一体誰が思いついた愚策《ぐさく》でしょう。美に対する冒瀆《ぼうとく》ですし、もしも私が担当者だったら仮面舞踏会用の仮面を細工するとか、もっとあなたにお似合いのものをご用意いたしましたのに。まあ、もう二度と隠す必要はないので仮面も布もいりませんが」

と意味不明の主張とともにきっぱりと断言され、リンツェットは目を閉じたまま眉を寄せる。

「……あの、そんな風に片青眼を恐れずにいてくださるのはありがたいのですが、ほかの者たちは皆恐ろしがりますし、もしもまた誰かに害が及んだらと思うと、布をせずにこの目を晒《さら》すことは、怖くてできません……」

そう小声で訴えると、アラリックは目を閉じたリンツェットの額に恭《うやうや》しく口づけ、語調を変えて言った。

「王子様、ダウラートはいくつもの国から成る大国で、民の数も多く、肌や髪や目の色も様々です。実は私の部下にもあなたのような左右の瞳の色が異なる者がいて、緑と青の瞳ですが、不吉でもなんでもない優秀な部下です。ほかにも色違いの瞳を持つ人を知っていますが、別に隠したりせず、ほかの人となんら変わりなく暮らしています。猫にもたまに片青眼がいますが、ただ珍しいだけで、普通の猫ですよ。おそらくフォンターには昔何人も人を殺した殺人鬼がたまたま片青眼だったとか、犯人が片青眼の猫を飼っていたとか、なにか曰《いわ》くの原因になる不幸な出来事があったのでしょう。その後人口の少ないフォンターでは片青眼が滅多《めった》に生まれず、言い伝えだけが残って、そこに王子様がお生まれになったのかと。私は多くの国に遠征に行きましたが、殺意もなく武器も持たず、見ただけで人を殺めるような業《わざ》は見聞きしたことがないし、ありえないと思います。王子様は長らくそう言われ続けてそのように遇《ぐう》されてきて、本当にお辛《つら》かったでしょうけれど、もうその呪縛《じゅばく》からは解き放たれるべきです。片青眼だからといって、人を害することは決してありません。あなたの瞳に罪があるとしたら、それはただ美しすぎるという一点だけですよ」

「……」

優しい声で、理を尽くして片青眼の呪いを否定してくれた相手の言葉を信じたいと思った。いままで母や義弟やオルソラたちも「あなたの目は怖ろしいものではない」と言葉や態度で示してくれたが、片青眼の言い伝え自体は信じていて、自分を愛してくれるがゆえに、もしも呪いを蒙《こうむ》っても構わないという犠牲的な覚悟で接してくれていたように思う。

でもアラリックは言い伝え自体がフォンター以外では成立せず、ほかにもいる片青眼の人たちは幽閉もされず普通に暮らしていて、自分の目も同じように人を傷つける力などないと断言してくれた。

母と義弟の病もこの目のせいではなく偶然で、他の人には何事もなかったのも布で目を隠していたからではなく、元々そんな力はなかったからだと信じさせてくれ、安堵のあまり、涙がつうっと目尻を伝う。

離宮でひとり過ごすのが耐えがたく淋しい夜、この目さえまともな色だったら、と何度も思った。けれど、ずっと疎ましく感じていた自分の瞳を相手は宝石のように美しいと称《たた》えてくれ、初めてこの色でもよかったかもしれないと思えた。

二十四年間、目の前を重く塞いでいた厚いカーテンを開けてもらえたような気持ちになれ、暗く孤独な場所から光射すところへ連れ出そうとしてくれる相手のことを、やはりこの方は自分にとって特別な方だとリンツェットははっきり悟《さと》る。

人を恋《こ》うる気持ちをいままで知らずにきたけれど、わたしはきっとこの方に恋をしてしまった。

家族や身内以外で初めて出会った人だからときめくのではなく、この方だからときめくのだといまはわかる。

きっとこの方が『運命の番』だと信じるし、たとえ運命で決められた相手ではなかったとしても、わたしはこの方を選びたい、と睫を震わせながら目を開ける。

等身大の芸術品のような美貌の恋人と目が合い、心が震える。

長い間染みついた習慣で、まだ両目で直に相手を見るのがすこし怖かったが、恋しい人の顔をよく見たいという望みに抗えず、涙で潤《うる》んだ瞳でじっと見つめる。

「……あなたを信じます、アラリック殿。……どうかわたしを『王子様』ではなく、リンツェットとお呼びください……」

声にならない吐息で囁くと、アラリックは軽く目を見開き、

「……光栄です、リンツェット様」

と美しく笑んで、今度は手で目隠しすることなく夢のような口づけを与えてくれた。

＊＊＊

「……ん……は……ぁ」

何度も顔の向きを変えて唇を啄《つい》ばまれ、上下の口唇《こうしん》を甘噛みされて頭の芯をぼうっとさせているると、相手の舌が口の中にしのんでくる。

「ンッ……！」

驚いて強張る舌を甘くくすぐられ、美しい人の舌は天鵞絨《ビロード》でできているのかも、などと思いながら滑《なめ》らかな舌に搦《から》めとられる心地よさを教えられ、すぐに新しいやり方に夢中になる。

「……ん、んっ……ふ……んぅっ……」

舌を深く絡ませながら下半身を重ねあわされ、ぶるっと産毛《うぶげ》が逆立つ。

相手の硬く張《みなぎ》ったものを自分のはしたなく濡れたものに押し当てられ、口づけが深まるごとに重ねた腰の動きを激しくされ、あまりの羞恥と快感に唇を塞がれていなければ叫んでしまいそうだった。

「……ンッ、ンッ、ぅんんーッ……！」

抑制剤には夢精《むせい》を抑える薬草も入っており、自慰《じい》もほとんどしたことがないのに、常になく反《そ》り返った性器の裏側を相手の硬くしなやかな茎《くき》でぐりぐり擦《こす》られ、気持ちよすぎて腰を引くどころか、浅ましく突き出すように弾《はず》ませずにはいられなくなる。

「……はぁ、あ……、こ、こんな……んあぁっ……！」

自分がなにを訴えたいのか、『こんなことは恥ずかしいからやめて』なのか、『こんな気持ちいいことは初めて』か、『こんなはしたない自分は自分じゃない』なのか、なにを言いかけたのかも忘れて喘《あえ》ぐ。

アラリックは腰を揺らしながら口の中を犯していた舌をゆっくりと引き抜き、まだ離れがたくて追いかけたリンツェットの舌を口の外で舐《な》め上げる。

「……ん……ンン……ふっ……」

唾液《だえき》を滴《したた》らせながら外で舌を結び合わせ、同時に濡れた性器同士を擦り合い、上と下でくちゅくちゅと似た水音を立てて繋がり合う。

なんの経験もない無知な身体に次々と未知の快楽を注ぎこまれ、発情期でなければただ怯《おび》えて身を竦ませたに違いないが、いまはすべてを貪欲《どんよく》に受け入れ、自ら応《こた》えるように身体が勝手に動いてしまう。

そんなに激しく揺らさないで、と心では思っているのに、片脚を相手の腰に回してもっとして、とねだるように張りのある臀部《でんぶ》を爪先《つまさき》でつついてしまい、無意識の自分の振る舞いにハッと気づいて真っ赤になる。

アラリックは羞恥におののくリンツェットの脚を外させないように抱えながら、

「……リンツェット様、あなたはどんな淫《みだ》らなお振舞いをしてもたおやかで美しいし、私はどんなあなたにも魅了されると断言できます。ご遠慮なく、もっと淫らなお姿をお見せください」

と優しくそそのかしてくる。

そう言われても、好んであられもない真似などしたくないが、もし発情期のせいで我を忘れて不埒《ふらち》な振る舞いをしてしまっても、この方は気にされないかも、とすこし安心する。

相手の唇が首筋から鎖骨《さこつ》にかけて丹念にしるしをつけながら徐々に下に降りていき、胸元でひとりでにピンと尖《とが》った乳首の際に辿《たど》りつく。

触られもせずに上を向く両の乳首を感嘆するように見つめられ、吐息がかかるだけで震えが走る。

そこがそんな風に過敏になるのも初めてで、そわそわしながら早く触れてほしくてわずかに胸を浮かせる。

なのに、間近でしげしげ眺めるだけでしばし焦《じ》らされ、あやうく「お願いですから、早く触って……！」とねだりそうになったとき、ちゅうっと甘く吸いつかれ、「あぁっ……！」と悲鳴を上げる。

指で弄《いじ》られることを望んでいたら、それ以上に強い刺激を与えられ、乳首で味わった悦《よろこ》びが下半身に直結して先走りがとぷりと溢れる。

尖りきった乳首をより尖らせるようにちゅくちゅく吸われ、舌で潰すように押し込まれ、しゃぶったまま唇で甘く噛まれ、「あっ、あっ、んん……！」と乳首だけで極めてしまいそうなほど感じてしまう。

片方だけ贔屓《ひいき》するように念入りに構われ、反対側もしてほしいと願った途端、指先で揉《も》みしだかれ、弾かれたり、軽く捻《ひね》られたり、舌とは違う刺激を同時に与えられ、倍増する快感に溺《おぼ》れる。

「あぅ、あん……気持ちいい……、アラリック殿……」

「……私もです……。リンツェット様のここは、夢の中で食べる幻の果実より可愛くて甘い……」

言葉と唇と指先で左右の乳首を情熱を込めて可愛がられ、薄い胸を波打たせながら、震える手を動かして、自分の胸に最高の奉仕をしてくれる相手の長い髪を撫でる。

首元で結《ゆ》った美しい尾のような栗色の髪に指を絡めると、相手の愛撫が一層濃厚になる。

乳首が濃く色づいてじんじん痺《しび》れるまで愛され、ほかのところもこんな風に愛されたいと望んだら、また願いどおりにアラリックの唇と指はリンツェットの手つかずの場所に辿りつく。

「……リンツェット様、私がこれからすることでお嫌なことがあれば、おっしゃってください。……ただ、私もずっとこのたまらなくいい香りを嗅《か》ぎ続けて、理性を保つのが困難なのですが、善処《ぜんしょ》いたしますので」

そんな前置きをされてすこし不安も覚えたが、相手と共寝《ともね》の床《とこ》についてから嫌なことなどひとつもされていないし、ひたすら気持ちいいだけだったから、こくりと頷くと、アラリックはにこりと微笑んで、リンツェットの脚の間に顔を寄せた。

「え、……あぁっ……！」

いきなりあたたかく濡れた口中《こうちゅう》に含まれ、行為自体に驚愕《きょうがく》し、信じられないほどの快感にも驚愕して悲鳴を上げる。

「ア、アラリック殿っ、だめです、そんな……っ、あぁあっ……！」

いままで色事どころか人と会話をすることすら稀《まれ》だったのに、許容範囲を超える行為に恐慌をきたして涙がこみ上げる。

今日初めて会った人と裸で触れあうことだけでも昨日までの自分なら考えられないのに、あまつさえそんなところを咥《くわ》えられてしまうなんて、恥ずかしいし、申し訳ないし、早くやめてほしいと思うのに、熱く濡れた粘膜に包まれる快楽は怖ろしいほど深く、だめだと制止しながらも、本当にやめられたら切ないような気もしてしまう。

アラリックは茎をしゃぶったまま目を上げて、涙目のリンツェットと目を合わせ、ぬるぅっとゆっくり尖端まで唇を滑らせると、

「これはお嫌ですか？　でもあともうすこしだけ羞恥心を堪えていただければ、もっと気持ちよくして差し上げますから、続けても……？」

と敏感な丸みに唇をつけながら意向を問われ、びくびく震えながらも頷いてしまう。

本当に世の恋人たちはこんな恥ずかしい行為をするのだろうかと思いつつも、喉奥まで飲みこまれて強く吸い上げられたら、「あぁ、いい……っ！」と悦《よ》がることしかできなくなる。

これほどの快楽を得られるなら、多少恥ずかしくても皆もやるに違いない、と思いながら、じゅぷじゅぷと音を立ててしゃぶりあげられ、滑らかな舌でくびれや尖端の小さな穴を抉《えぐ》られ、目もくらむ悦楽《えつらく》に酔いしれる。

「あ、はっ……凄《すご》く、いい……、きもちいい、…んっ、んあぁ、ん……っ」

頭を振り立てて咥えこみながら、付け根の嚢《ふくろ》を揉みこんだり、尻たぶを撫でまわしたり、アラリックは口も舌も手も、頭を振るたびに動く髪の毛先さえ使ってリンツェットを昂らせる。

「あっ、あ、アラリッ…、だめ、もう出ます……放し…あぁあっ、ん……っ！」

あまりの悦さにあっという間に登りつめ、放出の予感に腰を引こうにも、がっちりと両腿《りょうもも》を抱え込まれて許されず、首を振りながら相手の口中に放ってしまう。

はぁはぁと肩を上下させ、「も、申し訳ありません……」と恥じ入って消え入りそうな声で詫びると、相手は微笑して首を振り、貴重な銘酒《めいしゅ》でも飲むようにやや舌の上に溜めてからごくんと嚥下《えんげ》してしまう。

そんな当たり前のような顔でなんてことを、と驚愕していると、アラリックはさらに当たり前のような顔でリンツェットの奥まった場所に唇を寄せた。

「え……、な、アラリック殿っ……、おやめを……！」

アルファの男と身を繋げるときはそこを使うと頭ではわかっていても、そんな場所を口で愛撫されるなんて、最前の性器への口淫《こういん》よりも思いもよらず、必死に制止する。

アラリックは蕾《つぼみ》をつついていた舌先を止め、

「……リンツェット様、これも慣れればきっとお悦びになれるはずですから、お試しあれ。オメガの誘惑香は汗と同じところから出るそうですが、リンツェット様の性器や後孔《こうこう》のあたりからも、たまらないほど甘い花の香りがしています。初めてで羞恥と驚きが勝《まさ》っているだけで、私を蹴《け》り飛ばして逃げたいほどお嫌ではないでしょう……？」

と言いながら、返事も待たずに滑らかな舌で入口を舐めまわされる。

「やっ……、待っ…ひあぁっ……！」

必死に首を振って否定しても、自分の発する香りで心が読めるとばかりに行為を続けられ、蹴りたいほどではないけれど、でも……と困惑しながら堪えているうちに、示唆《しさ》されたとおりに徐々に悦びを覚え始めてしまう。

唾液を塗りこめながら熱い舌でそこをねぶられ、自分で動かせる爪先と首だけを振ってなんとかこの淫蕩《いんとう》な愛撫を心から好んでいるわけではないと訴える。

ただ、身体は別の意見らしく、ひくひくと震える入口に舌先をめりこまされ、ぬるる、と舌の付け根まで深く挿《さ》し込まれると、勝手に内襞《うちひだ》がうねって相手の舌を悦んで締め付ける。

「ひ……や、中はだめ……んあぁっ……！」

言葉で抵抗しても、相手は身体の反応や香りを信じて予告どおり善処してくれず、優しく内襞を舐め上げては舐めおろされ、涙と悲鳴を零《こぼ》しながら卑猥な舌遣いに翻弄《ほんろう》される。

入口も中もしとどに濡らされ、内側からもなにか蜜液《みつえき》のようなものが出て潤んでいるようで、舌を抜かれて指を入れられると、ぐちゅりと音を立てながらほとんど抵抗なく長い指を受け入れた。

すこし固い指先でぬかるむ襞を掻《か》きわけるように擦り上げられ、ぶるりと肌が粟立《あわだ》つ。

滑らかな舌もいいけれど、この指の感触もたまらない、とひそかに思いながら喘いでいると、ある一点を押されて、あられもなく叫んでしまう。

「あぁあっ、なに……そこ、やっ、……あぁんっ！」

自分の中にこんなにおかしくなりそうに気持ちいい場所があったのかと初めて知らされる。

いままでも身体のあちこちで初めての快感を教えられたが、この秘密の場所の愉悦《ゆえつ》は尋常ならず、気持ちよすぎて怖くなる。

「アラリッ…そこはだめ……ゆ、指を、離してくださ……っ！」

怖ろしいほどの快感におののいて泣きながら訴えると、アラリックはまた勃《た》ちあがってしまった茎に口づけながら、

「……リンツェット様、怖がらなくても大丈夫ですから。ここは誰でも敏感な快楽の壺《つぼ》で、激しく乱れてもすこしもおかしくないですし、私しか見ておりません。どうか我慢せず、感じるままに委《ゆだ》ねてください」

となだめるように、でもそそのかすように囁き、性器を深く飲みこみながら奥の指も抜いてくれずに強く抉られる。

「あぁっ……、や、いや……そんな、両方……、あ、あ、やぁぁ……っ！」

前と後ろを同時に責められ、強い羞恥と快感で何度も失神しそうになる。

執拗《しつよう》な愛撫に半分朦朧《もうろう》とした身体を裏返され、四つん這《ば》いにされてさらに指を増やされ、三本の指で抜き差ししながら、指を咥えこむ蕾の縁《ふち》をねっとりと舐められる。

とんでもないことをされている気がするのに、頭の中は快楽しか判別できず、腕に力が入らずにシーツに顔を伏せながら、高く上げた腰をおずおず揺らし、相手の指と舌の愛撫が蕩《とろ》けそうにいいと遠慮がちに伝えてしまう。

延々と淫猥《いんわい》な奉仕が続いたあと、

「リンツェット様……、そろそろ私の不肖《ふしょう》の息子が限界だと泣いて訴えているのですが、お慈悲を賜《たまわ》っても……？」

と指を抜かれながら問われ、リンツェットは引き抜かれる刺激に背を震わせて喘ぎつつ、……不肖の息子……？　と内心首を傾げる。

何故突然いま息子などと言い出すのだろう、とまた文脈がわからず軽く眉を寄せてしばし考え、ハッと息を飲む。

……もしかしたら、この方は実は国で帰宅を待つ息子がいる妻帯者《さいたいしゃ》で、つい魔が差して人質に手を出してしまったが、息子の泣き顔が思い出されて我に返り、どうか慈悲をもって浮気の相手にしようとしたことを許せと言っているのかも、と推測し、サッと青ざめる。

……やはり恐れていたとおり、相手は妻帯者なのによそでも偽りの愛を告げる悪い男で、わたしは人を見る目がなかったということか……、と淫らに火照《ほて》っていた身体が氷水に漬《つ》けられたように瞬時に冷える。

すでに息子や妻がいる方を生涯唯一の相手だと確かめもせずに信じるなんて、迂闊《うかつ》だった。いつも期待するたびに裏切られてきたんだから、今回ももっと最初から疑って、床入《とこい》りの前に既婚者かどうか聞くべきだったし、虫も殺さぬ風情《ふぜい》でかなり破廉恥《はれんち》なことをしてくる時点で悪い男だと気づくべきだったのに、わたしは世間知らずにもほどがある……、と悔やみながら、のろのろと身を起こす。

……残念だけれど、期待を打ち砕かれて諦めをつけることには慣れている。初めて恋した相手は人様のもので、潔《いさぎよ》く妻子にお返ししなければならないが、ここまででも充分夢見させてくれたし、見苦しく恨みごとは言わず、貴重な体験をさせてくれたことを感謝してお別れしよう、と己に言い聞かせる。

意地でも涙は見せまいと思いながら、

「……お話はわかりました。ご結婚されているとはつゆ知らず、先にお伺いもせずに肌を許した自分も愚《おろ》かだったので、あなたひとりを責めはいたしません。ただ、どうかこの先は奥方様や息子さんを泣かせないように浮気はお控えいただけたらと思います」

と傷心《しょうしん》を堪えて告げると、「……は？」と相手が唖然《あぜん》とした声を上げる。

息子がいると聞いて唖然としたのはこちらだし、いまこそ片青眼の呪いの力があれば相手を睨んだだけで罰を与えられるのに、ととぼけた顔をする相手に口惜《くちお》しく思っていると、

「いや、浮気なんてとんでもないですし、結婚もしておりませんし、『息子』というのは本物の子供のことではなく比喩《ひゆ》表現です。仮にも王子様に『もう自分のがちがちに勃起《ぼっき》した性器からだらだら先走りが溢れて挿《い》れる前に暴発しそうなので、早くあなたの極上の内側に挿入させてください』と率直に告げるとロマンがないので、ちょっと気取って婉曲《えんきょく》に表現しただけです。まさかそんな誤解を招くとは……」

と慌てふためいた様子で弁解される。

「……え」

露骨《ろこつ》すぎて品に欠けた直訳を聞き、『不肖の息子』というのはそういう意味だったのか、と赤面しながら納得する。

これまで人と艶話《つやばなし》をしたことがないので、その隠語《いんご》が性器を指すということがわからず、文字通り受け取って勘違いしてしまったことを恥じ入りながらも、相手が妻子持ちではなかったことに心底安堵する。

「……あの、正しい意味合いがわかってみると、お断りする余地《よち》もないお声掛けでしたのに、あらぬ誤解で咎《とが》め立てするような失礼なことを口にしてしまい、お気を悪くされたら大変申し訳ありません」

裸で居住まいを正して己の不調法《ぶちょうほう》を詫びると、

「いえ、とんでもない。私も若干照れがあり、わかりにくい言い方をしてしまいましたが、もうすこし正確に伝わる表現を心がけるべきでした」

と相手も裸で反省の弁を口にする。

誤解も解けたので、早く相手の不肖の息子に慈悲をかけてあげたいと思ったが、その前にリンツェットは念の為にアラリックに訊ねた。

「……アラリック殿、わたしはあなたのことをダウラートの軍人で、とても美しくて楽しくてお優しい方ということしか存じません。わたしがまたうっかりおかしな誤解をせずに済むように、もうすこしあなたについて教えていただけませんか……？」

一番大事な心根さえわかっていればほかはいらないような気もするが、もっと相手のことをたくさん知って安心したい気がしてそう言うと、アラリックは一瞬（今ですか？）という表情を浮かべたが、すぐににこやかに笑んで頷いた。

「たしかに、ここまでいたしておきながら自己紹介もまだでしたね。大変失礼いたしました。私の名はアラリック・レクトゥール、二十五歳でもちろん独身で恋人も隠し子もおりませんし、前科もありません。故郷はダウラートの東にあるアルトアで父は八代目の領主です。私は三男坊で、十六で近衛《このえ》隊に入り、いまはダウラート国王の側近《そっきん》で、近衛隊の隊長をしております」

全部真実で嘘も誇張《こちょう》もないですし、身元はたしかですよ、と笑ってから、

「ご覧のとおり愛想《あいそ》がいいもので、それなりに御声《おこえ》を掛けられることも多く、聖人のように生きてきたとは申せませんが、将来を誓いたいと思う相手はいませんでしたし、あなたにお目にかかったときのような衝撃を覚えたことはかつてありません。特技は竪琴《たてごと》を弾《ひ》きながら即興《そっきょう》で歌を歌うことで、戦勝帰りの野営時の娯楽に重宝がられております。貴族の生まれとはいえ、王子様とは身分が釣り合いませんが、心からあなたを愛し、敬《うやま》い、あなたのおみ足が踏んだ塵《ちり》さえ崇拝《すうはい》するほどあなたに心酔《しんすい》しております。どうか私を信じて、お心をすべて私にいただけませんか……？」

とまた片手を取られて指先に口づけられる。

最前、あらぬ誤解で一瞬のうちに冷えた心と身体が、その眼差しと言葉にふたたび熱を取り戻す。

リンツェットは素直に面《おもて》に喜びを浮かべ、

「わたしも名ばかりの王子ですし、人質と国王の側近では釣り合わないかもしれませんが、あなたに心から惹かれております。塵など崇拝しなくて結構ですから、わたしを普通の恋人のように扱っていただけませんか……？　わたしはいままで普通の扱いを受けたことがなく、恋をしたこともないので、あなたにそうしていただけたら、とても嬉しいです」

と心からの願いを伝える。

いままでなら期待も願いも口にした途端に壊れてしまうのではと怯えたが、この願いはきっと相手が叶えてくれると確信が持てた。

アラリックは感無量の表情で胸を押さえ、

「なんと謙虚なお人柄。そんなことならお安い御用です。ただ、あなたは私にとって『普通の恋人』ではなく、『この世に生を受け、あなたとめぐり会えたことを誰に感謝したらいいのかわからない、世界でもっとも幸せな人よりもっと幸せで、一生愛し続けて死んでも離さないと決めている唯一無二の最愛の最高の恋人』なので、熱愛しすぎて若干鬱陶《うっとう》しいやもしれませんが、どうかご寛大にご容赦《ようしゃ》を」

と晴れやかな笑顔でまくしたてられ、よくこんなに滑らかに舌が回るな、と目を丸くしながらも笑みが零れる。

わたしはこの方のほがらかな話し方が大好きだとリンツェットは思う。

自分が物知らずなせいで時折疎通《そつう》がままならないこともあるけれど、いままで自分の息する音しか聞こえないような静けさの中に何年もいて、誰かと、特に心通う相手と話ができるのがどれほど幸せなことか身にしみて知っている自分には、この方の楽しいおしゃべりはいくら聞いても聞き飽きないし、何時間でも何週間でも、一生でも聞いていたい。

長い間、わずかでもいいから愛されたいと願い続けて叶えられなかった身には、この方が浴びるように告げてくれる愛の言葉も、熱い眼差しも、笑顔も、過剰な愛の行為も、どれもただ嬉しく幸せなだけで、鬱陶しいと思うことなど決してないと言い切れる。

事実無根だった既婚者疑惑も晴れ、たくさん嬉しい言葉も言ってもらえて心が充《み》たされると、身体も充たされたくなった。

リンツェットは伏し目がちに視線をさまよわせ、どうやって中断させてしまった行為を再開したいと告げたらいいか悩む。

率直に告げるのは恥ずかしいし、自分の不肖の息子も泣いているので慈悲をかけてほしいと相手の真似をして言ってみようかとも思ったが、なんとなく言いつけない隠語を使うのは気恥ずかしく、意を決しておずおずとふたたび四つん這いになる。

さっきと同じ格好をすれば続きをしたいとわかってもらえるかも、と獣の姿勢で腰を掲《かか》げ、潤んでほころぶ後孔を見せつけながら、「……アラリック殿……」と名を呼んでねだる。

口で告げるよりよほど恥ずかしいことをしている気もするが、さっき本人の申告で、いままでたくさんの人から声を掛けられたと言っていたし、きっといろんな経験があるに違いないから、自分もかなり頑張らないと過去の素晴らしかった相手と比べられてしまうかもしれない、と案じて大胆に誘ってみる。

でももし控えめなほうが好みだったら、こんなはしたない真似をして眉を顰《ひそ》められたりしたらどうしよう、と焦って振り返ると、相手はごくりと大きく喉を鳴らし、飛びつくように腰を摑まれた。

ほっとする間もなく熱い切っ先を後孔に押し当てられ、思わずびくりと震えると、

「リンツェット様……、どうかこの夢のように麗《うるわ》しい御身《おんみ》の内に私を受け入れて、本当にあなたの恋人になれたのだと実感させてください……」

と熱っぽく乞《こ》われ、自分にも同じことを思わせてほしいと切望《せつぼう》しながらこくこく頷くと、ずぶりと剛直《ごうちょく》を押し入れられた。

「あぁ……ん……！」

すでに相手の指と舌の奉仕で熟しきっていた内側は、待ちわびていたように太いものを飲みこんで、ほとんど痛みもなく最奥《さいおう》まで受け入れる。

発情したオメガの媚肉《びにく》は深々埋め込まれた優美な凶器に狂おしく纏《まと》いつき、離すまいとする

ように締め付けるらしく、

「……あぁ、これは……、リンツェット様……これほどの歓《よろこ》びは、夢なら醒《さ》めたくないほどです……」

と感に堪《た》えない声で呻《うめ》くように告げられ、自分もそのとおりだ、と思いながら、狭く過敏な細い路を埋め尽くされる充溢感《じゅういつかん》を噛みしめる。

アラリックはしばらく奥に留まったまま動かず、背中に流れる髪を片手に巻き付けて頬ずりしながら、もう一方の手でリンツェットの背や肩を愛おしむように撫で摩《さす》る。

中でどくどく脈動するものに震えながら、優しく体表《たいひょう》を撫でる手つきにうっとりしていると、背面《はいめん》を旅していた指先が前面に回り、尖る乳首をキュッと摘《つ》ままれてビクリと背をしならせる。

そこもえもいわれぬ快美な場所だと思い出させるように揉みしだかれ、感じるたびにきゅんきゅんと相手を飲みこんだ部分を締めつけてしまう。

「……リンツェット様……、不肖の息子があまりの歓待《かんたい》に喜んで暴発しそうなので、動いても……？」

両手で乳首をまさぐりながらまた隠語で問われ、今度はちゃんと通じたし、自分の身体もそれを欲していたので、リンツェットは「……どうぞ……」とあえかな声で許可を与える。

気遣うようにゆっくりと律動が始まり、大きな性器でうねる内壁を擦り上げられ、襞を纏いつかせて入口まで引き抜かれ、また深く打ちこまれる。

ただそれだけの動きが何故こんなにも自分をおかしくするのかと思いながら、相手の与えてくれる気も狂わんばかりの快楽を貪欲《どんよく》に貪る。

「あっ、あっ、ん、はぁっ……、…いい、きもちいい……アラリッ…あぁ、んっ……！」

硬く熱《いき》りたつものでぬかるんだ場所をぐちゅぐちゅと音を立てて掻きまわされ、中の蜜壺《みつつぼ》を切っ先で繰り返し突き上げられ、花の香りを撒《ま》き散らしながら触れられもせずに達してしまう。

精を放っても淫欲《いんよく》はおさまらず、もっと欲しいと相手の灼熱《しゃくねつ》を内襞で食いしめ、速く激しくなる相手の動きに応えるように浅ましく腰を振り立てる。

きっとあとで思い出せば羞恥に悶死《もんし》したくなるだろうとは思ったが、この圧倒的なまでの快楽の前ではすべてが些事《さじ》に思えた。

相手の汗と香水が入り混じった体臭も誘惑香と変わらず自分を酔わせ、どんなはしたないことをしても相手を歓ばせたいと思ってしまう。

背後から激しく揺さぶられながら、乳首をまさぐる大きな手に自分の片手を重ね、髪を乱して後ろを振り仰ぎ、相手を見つめて唾液の滴る舌を閃《ひらめ》かせる。

すぐに背中に覆いかぶさられて唇を塞がれ、「ンン、ンンッ、ンンンーッ」と突きこまれるたび喉で間断《かんだん》なく嬌声《きょうせい》を上げる。

腰を回しながら打ちこまれ、空気を求めて喘ぎながら、

「あぁ、ぁふ、んっ……アラリック殿……っ、よすぎて…どうにかなりそう……っ！」

と身も世もなく叫ぶと、

「……なってください……。私ははじめからなっております、ご承知でしょうけれど」

と相手も呻きながら、容赦ない抽挿《ちゅうそう》でさらにリンツェットを狂わせる。

何年も自分の独りごとの小さな呟きしか聞いたことのなかった自室の壁や木彫《きぼ》りの小鳥は、大きく寝台が軋《きし》む音と互いの肉が当たる音、性器の出入りする激しい水音と荒い息づかい、堪え切れない悲鳴と喘ぎ声を絶え間なく聞かされ続け、さぞかし驚いたことだろう。

相手が身を揺らすたびに結った髪の先が刷毛《はけ》で撫でるように背中を行き来し、そんな刺激さえも粟立つほど感じてしまう。

優しく激しく情熱的にひたすら悦楽だけを注ぎこまれ、

「あ、あ、もうだめ……でも嫌…まだ、あなたとずっと……こうしていたい……！」

強い射精感がこみ上げてもまだ終わりたくないと髪を打ちふるって叫ぶと、

「……私も、永遠にあなたの中にいたいです。……う……あぁ……」

と艶《つや》めく呻きを漏らし、これ以上ないほどの深みまで突きいれられる。

「あ、あぁぁっ……！」

たまらず涙と唾液を零して仰け反りながら精を放つと、きつく締め付けた相手の性器からも奥に熱い迸《ほとばし》りをかけられる。

息を乱して倒れ伏しながら、相手の白濁《はくだく》を浴びた内襞がもっともっとというように蠢《うごめ》くのを感じる。

オメガの発情は一度身の内に射精されればおさまると習ったが、まだ相手が欲しくてまるで足りない気がした。

きっと発情期に関係なく、相手が好きだから、隙間なく身を繋げて自分のものだと心にも身体にも刻みつけたくてならないのだと思う。

たっぷりと放出してもまだ張りのある性器をずるりと引き抜かれ、心棒《しんぼう》を外されてくずおれながらも、なんとか身体を動かして仰向けに横たわる。

息も整わない唇で、

「……アラリック殿……、もう一度……今度はあなたを見て、あなたを抱きしめながら、あなたを感じさせていただけませんか……?」

と震える両腕を差しのべてねだると、アラリックは汗まみれでも優美さを損《そこ》なわない笑顔で、

「もちろん、王子様の御要望とあらば、何度でも」

とすぐさま両脚を抱えられ、閉じ切らずに潤む後孔にぐちゅりと身を進められる。

その後しばらく、王宮で主人の帰りを待っていたアラリックの従僕が、本当に呪いの館で殺されたのでは、と案じて探しに来るまで、ふたりは時を忘れて互いを求めあった。

＊＊＊＊＊

その日の夜も更《ふ》けてから、一度王宮に帰ったアラリックが約束どおりリンツェットのもとをふたたび訪ねてきた。

先刻の別れ際、「皆が寝静まった頃また参ります」と言い残して戻っていったが、ひとりになってすこし落ち着きを取り戻してみると、あれこれと様々な心配事がもたげてきた。

……やはり、いくら発情期だったとはいえ、出会ってすぐに関係を持つというのは尻軽が過ぎたかもしれない……。書斎にあった恋愛物ではもっと段階を踏んでから結ばれていたし、薬をもう一錠《じょう》飲んで発情を抑《おさ》えて、まずは会話で歩み寄るべきだった気がする……。

しかも自分は初めてだというのに、とてもそうとは思われないような振る舞いをしてしまったから、淫乱と思われたかもしれない……。それにもし服用した抑制剤《よくせいざい》が効いていないとすれば、あんなに何度もいたしてしまったから、もしかしたら身ごもってしまったかも……。アラリック殿の子なら欲しいから孕《はら》むことは構わないけれど、人質が側近《そっきん》と恋仲になって身ごもるなどということを、ダウラートの国王が許すだろうか。

もしダウラート国王の許しを得られて交際を始められた場合、相手は近衛《このえ》隊隊長として、これからも戦《いくさ》や様々な目的で遠征に行くだろう。戦で命を落としたりすることも心配だけれど、ダウラート軍は最強だというし、あの方は腕も立ちそうだから命や怪我の心配はあとですることにして、きっと行く先々でフォンターの村娘たちのように本気の恋のお守りを渡されたり、恋の相手になりたがる人がたくさん群がってくるに違いない。

そんな強敵が多い中、初めて恋をしたような手練手管《てれんてくだ》のない自分が太刀打《たちう》ちできるだろうか。それにもうひとつ、相手は出会った瞬間『運命の番《つがい》』だと感じたと言っていたのに、ゲルハルトの狼藉《ろうぜき》から守ってくれたとき、義弟《おとうと》に向かって『本気で好きなら先に心を得なくては。まだ出発まで数日あるから、挽回の機会はある』と言っていた。

ゲルハルトを後押しするようなことを言うなんて、本当に運命の相手と思っていたら、しないのではないだろうか……。もしかしたら、やはり悪い男で、王子を一度でもものにできればそれでいいというつもりで、さんざん嬉しいことを言ってその気にさせただけで、全部口先だけの嘘だったりしたらどうしよう……。夜にまた来るというのも調子よく立ち去るための出まかせかもしれないから、本気で待ったりしないほうがいいのかもしれない……。

期待すると真逆の結果になるばかりだった前半生のせいで悲観的になりがちなリンツェットは、初めての恋の相手を想って舞い上がるのではなく、不吉な可能性におののきながら夜までの時を過ごした。

夜更けになっても現れない相手にやっぱりか、と項垂《うなだ》れ、もう待つのはやめて寝ようと諦めの吐息を零《こぼ》して麻の寝間着に着替える。

いくら夢砕《くだ》かれるのには慣れていて、天と母に恥じない行いをしようと努《つと》めているとはいえ、もしあの方が自分を弄《もてあそ》ぶためだけに嘘八百を並べて騙《だま》したということがはっきりわかったら、ダウラートまでの道中、毒殺の機会を狙ってしまおうか、とひそかに思いながら燭台《しょくだい》の火を消そうとしたとき、コンコンと窓を叩く音にハッとする。

振り返ると、カンテラに照らされたまばゆい笑顔で名を呼ばれ、思わず胸が詰まって駆けよって抱きついてしまう。

「熱烈なお出迎え、感謝いたします。遅くなってしまって申し訳ありません。明日にもダウラートへお連れできるように、予定を繰り上げて先ほど陛下に協定書に調印《ちょういん》をしていただきました。その祝宴が長引いてしまって、さすがにもうお寝《やす》みになられてしまったかと思ったのですが、灯《あか》りが見えたので、お声を掛けさせていただきました」

そうにこやかに話すアラリックはもう軍服ではなく、絹の白いシャツに黒のスボン、膝で折り返す茶色のブーツの軽装で、こういう姿も素敵だ、と内心うっとりしながら部屋に招きいれる。

一人用の椅子を勧めて対面するほうが礼にかなっているかとは思ったが、すこしでも近くにいたくて長椅子を勧めて隣に掛け、

「アラリック殿、明日にも出発できるようにとのことですが、さきほどゲルハルトにまだ出発まで猶予《ゆうよ》があるようなことをおっしゃっていませんでしたか?」

と問うと、アラリックはやや気まずげな顔をして頷いた。

「はい。あの場ではああ言ったほうが早く弟君に退室していただけると思ったんですが、もし本当に数日内に弟君がもっと真心を込めた手紙なり、あなたの胸を打つ告白をしたりして、あなたがほだされてしまったらと思うと心配でならず、その機会を与えないために調印を急ぎました」

完全に公私混同では、と思いつつ、あの時義弟に告げたのは言葉の綾《あや》で、やはりこの方は自分に嘘などひとつも吐いていないのかも、と不安と安堵の振り子の両端を行ったり来たりする。

嬉しく思いながらも、ひとつ引っ掛かりを覚えてリンツェットは相手の目を見つめて言った。

「たとえ猶予があろうとなかろうと、ゲルハルトがいくら真心を込めて伝えてくれたとしても、あの子に弟以上の気持ちを向けることはありません。あなたに出会うまで、わたしの味方はゲルハルトだけだったので、心から大切な弟ですし、傷つけるのは本意ではありませんが、ほだされたりいたしません。わたしがあなたをすぐに受け入れたので、発情すれば誰にでも肌を許す尻軽と誤解されたやもしれませんが、そうではありませんので」

誰でもよかったわけではないし、生涯唯一人の相手というつもりで抱き合ったあとなのに、義弟に告白されたら流されるかも、などと心配されるのは心外な気がした。

アラリックは慌てたように手と首を振り、

「いや、あなたを尻軽だなんてまったく思っておりませんが、お優しい方なので、最後に一度くらいなら、弟君に情けをかけてあげようと思われたりするかも、とすこしだけ案じてしまいました。お気持ちを信じていないわけではないのですが、あなたを想うあまり、余計な心配を」

と必死に弁解してくる。

心から好きで独占したいから、いろいろ要《い》らぬことを考えてしまうのだ、とその瞳が語っており、自分もすっかり同じだと思いながら、

「わたしが慕《した》わしく思うのはあなただけですし、身を捧《ささ》げたいと思うのもあなたひとりだけです。わたしはいままで幽閉《ゆうへい》生活で人と関わることがほぼなく、これからも人質ですから、浮気の心配など不要ですが、あなたは軽く視察しただけで十人もの村娘から豚の睾丸《こうがん》をもらうくらいですし、遠征などで遠く離れているとき、あなたがどなたかに情けをかけたりしないか、わたしのほうこそよほど心配です」

と相手に張り合うように率直に妬心《としん》を告げる。

アラリックは軽く目を瞠《みは》ってからにこやかに笑い、

「豚の睾丸はあまり嬉しくないですし、由来を知っていたら誰からも受け取りませんでしたが、これからはあなたに誤解を招くようなことは決していたしません。そもそもあなたを得られたのにほかに目がいくわけがありません」

ときゅっと手を握ってくる。

さっきはもっと口に出すのも憚《はばか》られるようなこともしたのに、優しく手を繋《つな》がれただけでトクトクと鼓動が速まり、心がときめく。

ほんのり頬を染めながら笑みかけると、相手からも嬉しそうに笑み返され、

「リンツェット様、荷づくりはまだお済みではないですよね？　お手伝いいたします」

と自《みずか》ら従僕《じゅうぼく》のような申し出をされ、リンツェットは微笑《ほほえ》んで首を振る。

「ご親切に、ありがとう存じます。でももう済んでおります。わたしは馬に乗れないので、自分で持って歩ける分だけにしようと厳選しました」

あちらです、と壁際に置いた小さな旅行鞄を手で示すと、「えっ、あれだけ？」とアラリックが目を瞠る。

「リンツェット様、歩いてダウラートに行かれるおつもりだったんですか？　ふたりだけで徒歩の長旅というのも憧《あこが》れますし、あなたのおみ足が踏んだ地面を五体投地《ごたいとうち》しながら進みたい気持ちもありますが、馬車でお連れいたしますから、もっと馬車に詰めるだけお手荷物を増やして大丈夫ですよ。消耗品《しょうもうひん》ならダウラートでもご用意できますが、思い出の品などは是非《ぜひ》手放さずにお持ちください。私も帰国後は公務があるので片時も離れずにあなたのおそばにいることは叶いませんし、異国で里心がついたときに慰めになるようなものがあったほうがいいですから、どうぞご遠慮なく」

そう言われ、ダウラートの虜囚《りょしゅう》生活がどんなものであれ、あちらに行ってから、フォンターでの幽閉生活を懐かしんで里心がつくことはないだろうと思ったが、優しい配慮をしてくれる相手の気持ちが嬉しかった。

一番大切な母の手書きの言葉の本さえあればいいかとほかは置いていくつもりだったが、アラリックが是非にと言うので離宮の各部屋を案内し、これまでどうやって暮らしてきたかや、母やオルソラやティグウィーズとの思い出を語ると、「これは是非お手元に残しておかれるべきかと」「これも持っていきましょう」と次々に玄関前に運ばれる。

大きいので諦めたクラヴィコードや手に馴染んだ楽器類、母の形見《かたみ》のティアラや一番気に入っていた耳飾り、オルソラが仕立ててくれた自分の産着《うぶぎ》や幼い自分と母を描いてくれた絵、ティグウィーズが愛用していた金槌《かなづち》やゴブレットなど、自分を愛してくれた人を偲《しの》べるものをたくさん選んでくれた。

唯一、ゲルハルトと交わした十年分の手紙については「これは全部置いていきましょう」とにこやかに即断されてしまったが、どれも諳《そら》んじられるほど読み返して覚えているから現物がなくてもまあいいか、と思っていると、アラリックがやや言い淀《よど》むように口を開いた。

「リンツェット様、明日の出発時のことなのですが、朝こちらまで馬車をつかわして荷物を積みこみ、お乗りいただいたあと、本当は王宮前で国王陛下とゲルハルト様とお別れしていただくつもりだったのですが、王妃様と重臣がたから、馬車を止めずに城門を出てほしいとの御要望がありまして……、陛下はリンツェット様が薄布をつければ大丈夫だと仰《おお》せになり、私はそんな必要はないと申し上げたのですが、フォンター宮廷では片青眼《かたあおめ》の迷信が根強く、結局窓越しに短い間だけ馬車をお止めしてご挨拶《あいさつ》していただくということに……、力及ばず申し訳ありません。ご家族と生まれ故郷とのお別れをそのような形で済ましていただくことになり……、城門を出たらすぐに薄布を外してくださって結構ですので」

「そうですか……」

この国ではまだその扱いをされるだろうとわかっていたし、相手のほうが自分より胸を痛めているのが伝わってきたので、リンツェットは控えめな微笑を浮かべて言った。

「わかりました。本当はこの目を晒《さら》して片青眼の言い伝えは間違っていると皆にお伝えすべきかもしれませんが、立ち去る身でそう強く信じている人々を徒《いたずら》に阿鼻叫喚《あびきょうかん》させることもないですし、馬車を止めずに城を出ていただいて結構です。父とはもうすでに別れは済んでおりますし、義弟にはあちらから手紙を書きます。ここでは最後まで目を見せないことがフォンターの人々への手向《たむ》けになると思うので、そうしていただけますか？」

フォンターのために人質に行くのに、やはり厄介者《やっかいもの》を追い払うような気持ちの人々もいると思うとすこしやりきれないが、父と義弟はそうではないとわかっているし、フォンターを出れば自分の目を恐れる人はいないとアラリックも言ってくれたので、最後まで自分につれない故国の仕打ちにも心は波立たなかった。

「そうですか……。ではそのように」

　アラリックはその晩、きっと傷ついているのではと案じてくれたようで、親鳥のようにただ優しく抱きしめながら共寝《ともね》してくれ、そのあたたかい抱擁《ほうよう》に心が慰められ、好きな人の腕の中で眠るという初めての歓《よろこ》びも味わわせてくれた。

　明け方に一度城に戻ったアラリックは、日が昇ってから軍服姿で、二頭立ての馬車と八人の配下と共に離宮に現れた。

　人質ではなく国賓《こくひん》のような扱いに驚いたが、人質はみな征服地の王族だと聞いているから、こういうものなのかもしれない、と思いつつ、最後に二十四年暮らした離宮を見つめて心の中で別れを告げてから馬車に乗る。

　アラリックは扉の外から、

「リンツェット様、私も同乗したいのは山々なのですが、警護があるので馬で並走《へいそう》させていただきます。代わりに私の従僕《じゅうぼく》のジェレマイアをおつけいたしますので、なんでもお言いつけください。すこしおしゃべりですが、気はききますので」

と最初御者台《ぎょしゃだい》に乗っていた、肩まである黒髪を主人と同じように首元で結んだ十二、三歳の少年を紹介した。

　ジェレマイアはぺこりとお辞儀《じぎ》をし、

「お初にお目にかかります、リンツェット様。道中のお世話をさせていただきます、ジェレマイアと申します。……わぁ、本当だ。女神と見まごう美貌《びぼう》の御方で、この世のものとは思えぬ美しい瞳の持ち主だとご主人様が昨日から気がふれたように繰り返していたのですが、本当のことだったのですね」

と感心したように見上げながら言った。

そんなことを言っていたのか、と内心恥じらっていると、「余計なことは言わなくていい」とジェレマイアの尻を軽く叩いてリンツェットの向かいに座らせ、アラリックはにこやかにリンツェットに笑みかけてから扉を閉めた。

馬車が動き出し、初めての乗り心地に内心そわそわしつつ、リンツェットはジェレマイアに微笑を浮かべて会釈《えしゃく》した。

「はじめまして、ジェレマイア。どうぞ仲良くしてください。わたしは身の周りのことは自分でできるから、特に世話を頼むことはないと思うんだけれど、いままで離宮を出たことがなくて、書物で知ったこと以外、普通の人々の暮らしぶりや、皆が知っていて当たり前のようなことを知らないから、どんなことでもいいから、子供に教えるようにいろんなことを話してきかせてほしいんだ。利発《りはつ》そうだし、それを頼めるかな」

見るからに利発そうだし、ほかの成人の部下たちはみな短髪なのに、この子が主人と同じ髪型をしているのは親しみや憧れを感じているからではないかと思われ、自分の恋人を慕う相手はきっといい子に違いないと思いながら言うと、ジェレマイアは目を丸くして、

「……王族の方から『仲良くしてくれ』なんて言われたのは初めてです。僕が知っていることでよろしいのでしたら、いくらでもお話しいたします。あ、でもご主人様からリンツェット様はやっとめぐり会えた奇跡のお相手だから、もしも懸想《けそう》したりしたら逆さ吊りにして干した豚の睾丸を吐くまで食わせると脅《おど》されているのですが、『懸想するな』なんて、人に言われて止められるものなら恋とは申しませんよね。いや、まだリンツェット様に恋も懸想もしておりませんが、仮にも『運命の番』だというのなら、僕のような子供にまで牽制《けんせい》などせず堂々と構えていろという話ですよね」

とぺらぺらと滑《なめ》らかに舌を動かす。

こんなところも似通《にかよ》っていると苦笑して、きっとダウラートまでの道中、すこしも退屈はしないだろう、とリンツェットは確信する。

しばらくすると森を抜け、馬車の窓から王宮の城壁《じょうへき》が見えた。

いつも遠景《えんけい》で眺めるだけだった城を間近で見て、こんなに大きかったのか、と初めて知り、それだけ遠ざけられていたのだと改めて感じる。

あまり窓に顔を寄せていると誰かに見られて騒ぎになったら困る、と背を戻してカーテンを引いたとき、外で人の声がした。

馬車が速度を落としたのでジェレマイアと目を見交わしていると、馬車が止まり、カーテン越しに「リンツェット様、ゲルハルト様がこちらに」とアラリックが伝えてくる。

何人かの人のもめるような声が近づいてきて、「兄上！」という義弟の声と、「危のうございます！」「それ以上近づいてはお命が……！」などと義弟の従僕たちの制止する声が続く。

「うるさいっ！　あんなものは迷信だ！」と振りきる声がして、ゲルハルトが馬車の窓枠《まどわく》に手を掛けて「兄上！」とカーテンを開けた。

「ゲルハルト……」

昨日の今日なので無意識に身構えてしまったリンツェットに、

「兄上、最後にどうしてもお詫《わ》びしたくて。昨日は本当に申し訳ありませんでした。どうかしておりました、兄上を傷つけるような真似をするなど……、私をお許しいただけますか……？」

瞳に消せない思慕《しぼ》は覗かせながらも、ただの『弟』として別れようとしてくれるのが伝わり、

「うん、もちろん。ゲルハルト、見送ってくれてありがとう。父上と義母上《ははうえ》にもよろしくお伝えしてくれ」

とこちらも兄として返し、義弟の顔を見るのもこれが見納めかも、と胸を詰まらせる。

十四歳からの十年は、ゲルハルトの存在がよるべない囚《とら》われの身の心の支えになっていたから、恋などと言いださなければ、ずっと大切な可愛い弟に変わりはなかった。

馬車の内と外に別れて見つめあい、初めて会ったときから何度か離宮に来てくれた義弟の姿を重ねていると、声しか届かない場所から、

「ゲルハルト、離れなさい！　早く馬車を出して！」

と初めて聞く女性の金切り声が鋭く届く。

あの御声《おこえ》が一度も対面が叶わなかった義母のものか、と察し、これ以上義弟の身を案じる義母の心を逆撫でしないように、窓枠を掴む義弟の手をきゅっと握り、

「ゲルハルト、もう行って。手紙を書くからね。元気で」

と短く告げて手を外し、そばで馬上から見ていたアラリックに目顔で馬車を出してくれるように頼む。

アラリックが頷いて御者台にいる部下に合図すると、ふたたび馬車が動き出す。

遠ざかる馬車に向かって「兄上もどうぞお元気で……！」と叫ぶ義弟の声に、思わず窓から身を乗り出して振り返りたくなったが、ゲルハルト以外の人たちのことを考えてなんとか堪《こら》えた。

いい思い出ばかりとは言えないフォンターでの日々にも、いくつか幸せなときもあり、その中にはゲルハルトもいたので、しばし感傷的になりながら馬車に揺られていると、城門を出てだいぶ経《た》ってから、ジェレマイアが怪訝《けげん》そうな声で言った。

「あの、リンツェット様、少々お伺いしてもよろしいですか？　何故フォンターでは片青眼がひどく悪いもののように思われているのでしょう？」

子供にも不思議に思えるくらい、よそでは聞かないことなのだな、と改めて思いながら、

「わたしにもわからないんだ。昔からそう信じられていて、由来を聞いたことがないんだけれ

ど、アラリック殿はきっと昔片青眼の殺人鬼がいたとか、言い伝えの元になる出来事があったのでは、とおっしゃっていた。なんの根拠もなく言い伝えができるはずはないから、わたしもそうなのかなと思っているんだけれど」

と答えると、ジェレマイアは軽く眉を寄せながら言った。

「でもなんの根拠も由来もない言い伝えも多いと思います。僕の祖母は、妻を大事にしない夫を改心させるまじないをしたら、本当に優しくなったと言っていたのですが、そのまじないは夫に気づかれないように自分の尿を入れた水を毎日飲ませるというもので、改心したとしても絶対そのせいじゃないし、むしろそんなことをしたとばれたら離縁されると思うし、誰かが適当に作った言い伝えだと思うんです。だからリンツェット様も適当に作られた迷信のせいで、ご不快な思いをたくさんされたかもしれませんが、真に受けてはなりません。リンツェット様の瞳はダウラートに行けば称賛《しょうさん》しかされないと断言できます！」

奇妙なまじないの話を交えて熱く励《はげ》ましてくれるジェレマイアに、やはり主人に似た優しさを感じる。

ゲルハルトとの別れや義母や従僕たちの言葉に沈んだ気持ちがやや和《なご》み、リンツェットはジェレマイアに微笑を向けた。

「ありがとう、ジェレマイア。きっとその土地土地でいろんな言い伝えがあるんだね。わたしはフォンターで言われていることがすべてだと思っていたから、片青眼のことも、ずっと忌《い》まわしいものなんだと信じていた。でもアラリック殿もこの言い伝えは絶対に嘘だとおっしゃってくれたから、もう気にしないことにしたんだ」

言い伝えの中にも事実に即して役に立つものもあるだろうし、出鱈目《でたらめ》でもそうすれば安心できたり、豚の睾丸のお守りのように叶うかもしれないとわくわくできたり、それをくれた娘の気持ちを知って愛が芽生《めば》えることもあるかもしれないから、一概《いちがい》に悪いとは思わないが、人を排除したり、傷つけて追い詰めるような言い伝えにはもう振り回されたくないし、自分も加担《かたん》しないように見極めなければ、と肝《きも》に銘《めい》じる。

そのうち窓越しに聞こえていた町中を行き交う人々のさざめきが遠くなり、石畳《いしだたみ》に当たる蹄《てい》鉄《てつ》の音が土の道を走る音に変わり、揺れ方も変化したことに気づく。

すこしだけカーテンを開けて外を覗くと、青い麦畑が水平線まで広がっているのが見えた。

「わぁ……」

穀物《こくもつ》が実る広い畑を初めて目にして思わず感嘆《かんたん》の声が漏れる。

書物や口づてでは聞いていたが、実物を見たことがなかったので、緑の海のように風にそよぐ麦畑を見つめ、これが領民たちが額に汗して耕《たがや》して、日照りや大雨や冷害や虫害《ちゅうがい》や洪水などと戦いながら育てている命の畑なのかと胸を熱くし、この光景を戦禍《せんか》で見る影もなく台無しにされるのを防げるなら、人質になることになんの否《いな》やもない、とかすかに心に残っていた感傷を振りはらう。

冴《さ》えた青空と緑の畑が小さな窓枠を額縁《がくぶち》にした絵のようで、うっとりと視線を巡らせると、すぐそばにいる馬上の美しい恋人も額縁の中に映り込む。

心の美術館にこの絵を飾りたい、と思いながら見惚れていたら、視線の熱さが相手の頬に伝わったのか、前方を見ていた相手がこちらを振り向き、ニコッと上機嫌な笑顔を惜しげもなく向けてくれる。

ドキッと胸を震わせて頬を染めていると、向かいから覗きこんできたジェレマイアが、

「……なんでしょう、あのでれついた顔は。まったく仕事中だというのに、顔の弛《ゆる》みは気の緩《ゆる》み、なにかあったら困るじゃないですか」

と歯に衣着《きぬき》せぬ物言いでぶつぶつ言う。

自分も顔が弛んでいた自覚があったので、急いで片手を添えて隠し、

「……ええと、ジェレマイアはアラリック殿の従僕になってどれくらい経つのかな」

と話を振ってみる。

「十のときからお仕《つか》えして三年になります。初めてご挨拶《あいさつ》したとき、こんな長髪の洒落者《しゃれもの》が本当に軍人なのかと正直驚きましたが、ご主人様はやるときはやる御方で、剣を取っては敵なし、最新銃も使いこなし、語学にもご堪能《たんのう》で、一度聞いた言葉はどんな難しい発音でも正確に再現できる耳と舌をお持ちで、異国の言葉も何週間かその地の者としゃべり倒せば身につけてしまわれます。歌声もなかなかのもので、既存《きぞん》の歌も御上手ですが、その場で作る才もおありで、

以前僕が起床を告げに行ったときに、まだ起きたくないという歌を八番まで歌われたことがあり、歌詞が馬鹿みたいなのに調べが美しく、つい聞き惚《ほ》れてしまい腹立たしかったこともあります。一見ちゃらついた優男《やさおとこ》に見えるでしょうが、基本的には信頼に値《あたい》する御方です。変な歌はやめろとリンツェット様がおっしゃれば黙ると思うので、どうぞお見限りなきように」

「……ありがとう、率直に答えてくれて」

たぶんちょくちょく悪態《あくたい》を挟むのは、きっとそこまで言っても大丈夫という絆《きずな》があるからで、本気で嫌っているからではないようだし、自分も早くおかしな歌詞の歌を聞いてみたいと思いながら微笑む。

国境を出るとき、アラリックが声を掛けて教えてくれ、最後に振り返って故郷の景色を一望した。

この国のどこかで領主夫妻として暮らしているオルソラとティグウィーズに最後にひと目会いたかったが、ふたりを守る一助《いちじょ》となれるのだから、喜んで立ち去ろうという気持ちになれた。

フォンターを出ると、ジェレマイアが馬車の両側の窓のカーテンを開けてくれ、いまから誰に目を見られても、珍しがられることはあっても忌み嫌われることはなくなるんだ、と無理矢理着せられていた重い甲冑《かっちゅう》を脱いだような、これまで感じたことのない自由を感じた。

窓の外を流れる景色を食い入るように眺め、普通の人にはなんでもない風景もすべてが新鮮で身飽きることがなく、ジェレマイアがあれこれ教えてくれる話を興味深く聞く。

途中、山間《やまあい》の開けた草地に小さな池がある場所で馬を休ませるために休憩を取った。

ジェレマイアが先に馬車を降りて階段を下ろし、降りる手伝いのために片手を差しのべてくれたとき、アラリックが素早く従僕の首根っこを摑んで脇にどけ、

「王子様、御手《おて》をどうぞ」

と優雅に手を取ってくれた。

いままで誰かに常に関心を寄せられて折あらば親切にされるという経験がないので、照れながらも嬉しくて笑顔で礼を言い、手を取って地面に降り立つ。

横からジェレマイアが「僕は猫の仔《こ》じゃないんですけど」とぶつぶつ言いつつ馬車に積んでいた昼食用の大きな籠《かご》を取りだす。

目端《めはし》の利《き》くジェレマイアはさっと辺りを見回し、一番眺望がよく落ち着けそうな場所に敷物を広げ、二人分の食事と池から汲《く》んできた手洗い用の水を並べ、

「ご主人様、きっと給仕のためにおそばに控えていると邪魔者扱いされるでしょうから、僕はあちらの皆さんのほうにおります。なにかあればお呼びつけください」

とつけつけ告げて、馬に水を飲ませているほかの部下たちに食事を渡しに行く。

アラリックは苦笑しながら、

「まったく主人を主人とも思わぬ口をきく小生意気な従僕なのですが、あの物言いが妙に面白くて憎めないので、窘《たしな》めずにいたらますます言いたい放題なんですよ。馬車の中でもしゃべり

倒していたようですが、ご迷惑ではありませんでしたか？」

とまるで自分は寡黙《かもく》な主人のような顔で訊いてくる。

「いいえ、とても楽しく過ごせました。大切な従僕をわたしにおつけくださり、ありがとう存じます」

自分の知らない恋人のことをいろいろ教えてくれたし、なんとなく早熟《そうじゅく》なところが昔の義弟を思い出させて、より親しみを感じる、と思いながら微笑む。

ずっと座って揺られっぱなしだった身体を軽く伸ばすと、いま目の前にいたはずの相手が素早く背後にまわり、「凝《こ》ってしまわれましたか？　すこしほぐしましょう」と肩を揉《も》んでくれる。

部下の見ている前で隊長がそんなことをしていいのか、とすこし思ったが、優しく気遣われたり、触れてもらえるのが嬉しくて、つい頬を染めながら礼を言ってしばし揉んでもらう。

敷物に並んで座り、また手洗い用のボウルを捧《ささ》げ持ってくれたり、手巾《しゅきん》を用意してくれたり、甲斐甲斐《かいがい》しく世話してくれる相手に礼を言ってありがたく厚意《こうい》を受け、焼いた牛肉とちしゃの葉を挟んだパンとエールの食事をいただく。

これが物の本で読んだ「ピクニック」というものでは、と野外で食事をすること自体にも感激し、初めてのピクニックを恋人と体験できることにも胸を熱くしながら隣を見ると、もぐもぐ咀嚼《そしゃく》していた相手にニコッと満面の笑みを向けられる。

この方はいつも機嫌がよさそうで、そういうところもとても慕《した》わしい、とリンツェットも笑み返しながら思う。

以前、離宮に荷運びに来る者たちには話しかけないと誓ったあとも、淋しさに負けてこっそり隠れて様子を窺い、もし人懐こそうだったり、話しかけても大丈夫そうな人がいたら声をかけようかと覗き見したこともあったが、誰もがピリピリと憂鬱《ゆううつ》そうで、結局声をかけることはできなかった。

そんな顔ばかり長らく見てきたので、恋人が自分を見るたび、えもいわれぬ喜色《きしょく》を浮かべてくれるのが嬉しくて、弛み切った貌《かお》も愛《いと》おしさしか感じない。

好きな人と一緒に食べる食事の美味《おい》しさというのも初めて知り、幸せを噛みしめながら食べ終え、アラリックが摘《つ》んできてくれたミントの葉を歯磨《はみが》きがわりに噛んでから水で口を漱《すす》ぐ。

しばし食休みに雲雀《ひばり》の声を聞きながら、草を食《は》んでいる馬たちや、笑っておしゃべりしている近衛隊の兵士たちを眺め、リンツェットはふと聞いてみたかったことを思い出し、ためらいがちに口を開いた。

「あの、アラリック殿、すこし気になることがありまして……実は、昔勉強を教わっていた侍《じ》従《じゅう》から、ダウラート王は血を好む暴君で、征服地の王家の一族を赤子に至るまで串刺しにして、踝《くるぶし》まで浸《ひた》るほどの血の河を作ったとか、諫言《かんげん》した臣下の首を何人も刎《は》ね、庭に盤面《ばんめん》を作って生首を駒《こま》にチェスをしたなどという話を聞いていたので、ダウラートには怖い印象があったのですが、あなたはとてもほがらかな御方《おかた》で、ジェレマイアもほかの方たちも、そんな殺伐《さつばつ》とした国の方々という感じがしないので、あなたがお仕えしている国王はわたしが昔教わった王とは違う方なのでしょうか？」

他国の新しい情報が届かない場所で暮らしてきたので、だいぶ古い話題をもとに話すと、アラリックは頷いた。

「おっしゃる通りです。リンツェット様がお耳にされたのは前王の話で、現国王は似ても似つかぬ賢君《けんくん》です。前王の腹違いの弟なのですが、なかなか数奇な半生で、先々王が侍女《じじょ》に産ませた落とし胤《だね》で、五歳のときに正妃の命《めい》で城からかどわかされて奴隷《どれい》として売られ、十代半《なか》ばまで他国で召使いとして働かされていました。やっと自由民の身分になれた途端、まさかのダウラートに征服されて捕虜《ほりょ》になり、武芸に長《た》けていたので近衛隊に入り、私も同じ師団にいたので友人になりました。前王の悪政《あくせい》に反旗を翻《ひるがえ》すことになったとき、実は王の末弟《まってい》だとわかり、正統な王位継承者として前王を廃《はい》して王座につき、いまは善政《ぜんせい》をしいております」

「……そうなのですか。なんて波乱万丈《はらんばんじょう》な……」

自分もそれなりに数奇《すうき》な運命かと思っていたが、上には上がいた、と驚きながら呟く。

アラリックと並んで馬車のほうへ戻りながら、

「いまのダウラート国王がよい方だと伺って安堵いたしました。あちらについたら国王陛下にご挨拶をするると思うのですが、もしなにかお気に染まぬ粗相《そそう》をしたらすぐに首を刎ねるような御方だったらどうしようとすこしドキドキしておりましたので」

と言うと、アラリックはにこやかに首を振った。

「そんなご心配は微塵《みじん》もいりませんよ。たしかにいかにも極悪非道《ごくあくひどう》なことをしそうな悪人面《づら》で愛想《あいそ》もないので、若干怖く見えるかもしれませんが、中身は至ってまともな男です。私があなたという運命の相手に出会えたことを伝えれば、友としてきっと喜んでくれるでしょう」

そうほがらかに言う恋人にリンツェットはつい憂《うれ》わしげな表情になる。

「……本当に？　陛下のお顔立ちはともかくとして、人質の身で国王の腹心と契《ちぎ》りを結ぶなど、勝手な真似を咎《とが》められて、引き離されたりはしないか、そのことが怖《おそ》ろしいのですが……」

期待すると無残なことにならないか怯《おび》える癖を拭《ぬぐ》えずに案じると、アラリックが真顔で断言した。

「絶対にロランはそんなことは申しませんから、ご安心ください。本当に怖いのは顔だけなんです。苦労人なので情けを知っていますし、懐《ふところ》も広いので、友人の恋を邪魔するような無粋《ぶすい》なことはしないはず。もし長年友として副官として尽くしてきた私にそんなむごい仕打ちをするというのなら、ふたりで手に手をとって出奔《しゅっぽん》しましょう。そんな必要はないですけれども」

「手に手を取って……？」

思わず物語の逃避行の場面が思い浮かび、初めての出奔をアラリック殿とできるなら、それもいいかもしれない、とついなんでもかんでも初めての体験を恋人とできることにときめいてしまう。

また馬車に乗せられて旅を続け、その日は夜になっても町には行きつかずに野原で野宿することになった。

途中で護衛のひとりが仕留めた野鹿《のじか》をジェレマイアが器用に捌《さば》き、焚火《たきび》を囲んで焼いた鹿肉とパンとワインを皆で夕餉《ゆうげ》にいただく。

ジェレマイアだけでなく、ほかの護衛たちもリンツェットの瞳を特別視することなく普通に接してくれた。ただ「隊長の番の相手に懸想したら身体中の穴という穴に豚の睾丸を詰める」と脅されているので誤解を招くような真似は避けなくては、ということだけを気にしているようだった。

楽しい夕餉のあと、いよいよ初めての野宿だ、とひそかにわくわくしていると、

「リンツェット様、明日には町に着けるので、ちゃんとした場所にお泊まりいただけるのですが、今宵《こよい》は馬車の中でお寝《やす》みいただけますか？　申し訳ありません、窮屈でしょうけれど」

とアラリックがしきりに恐縮する。

「なにも不平はございませんので、どうぞお気遣いなく。『野宿』は物の本で読み、一度経験してみたかったので、楽しみです」

本心からそう告げ、ほかの皆が天幕《てんまく》を組み立てている様子を興味深く眺める。

護衛たちは天幕に雑魚寝《ざこね》をして、交代で火の番をするという。

天幕での雑魚寝も未経験なのでやってみたかったが、アラリックに「とんでもない」と止められてしまい、またの機会を窺うことにした。

ジェレマイアが馬車の窓の鎧戸《よろいど》を閉め、枕がわりのクッションや上掛けを用意してくれ、

「リンツェット様、僕は馬車のすぐ足元で休みますから、なにかあれば御声掛けくださいい」

と自分の敷布を抱えて地面に寝場所を探すそぶりをしたので、リンツェットは目を瞠って言った。

「待って、ジェレマイア、天幕ではなく外で寝るというの？　では、向かいの椅子を使っていいから、一緒に馬車で寝よう。外で寝て風邪をひいたりしたらいけないし」

子供のジェレマイアを外で寝かせて、自分だけ馬車で寝るなんて心苦しいと思いながら申し出ると、

「リンツェット様、冬ではないですし、ジェレマイアは野営に慣れておりますからお気遣いなく。それに子供でもリンツェット様のおそばで寝かせるなんて危険な真似はさせられません」

とアラリックもすぐそばの地面に敷布をしいて寝る支度をしながらきっぱり言った。

「え。アラリック殿も皆と天幕ではなく外で休まれるのですか？」

リンツェットが驚いて問うと、「はい」と事もなげに頷かれる。

「よもやそんな大それたことはしないと思いますが、万が一部下の誰かが夜半にリンツェット様の馬車に忍びこもうとしたら困りますし」

「……そんな」

アラリックが変な脅迫をしたから誰もそんなことはしないはずだし、もし命知らずな者がいたとしても、自分も短剣で応戦できるから見張ってもらわなくても大丈夫だと思うけれど、と眉を寄せ、アラリックとジェレマイアにリンツェットは言った。

「では、わたしもアラリック殿のお隣で外で寝ますから、ジェレマイアに馬車で寝てもらいましょう。いくら野営に慣れていると言っても、子供を外に寝かせるのはわたしが嫌なのです。アラリック殿にぴったり寄り添って眠れば明け方も寒くないでしょうし」

いかがですか？　と自分の提案を聞いてもらえるか問うと、しばし黙考《もっこう》していたアラリックが首肯《しゅこう》した。

「わかりました。本当はリンツェット様を草むらに寝かせるなんて本意ではありませんが、ジェレマイアを労《いたわ》ってくださるお気持ちを無下《むげ》にはできません。……ジェレマイア、御言葉に甘えて中で寝かせてもらいなさい。窓はどちらも鎧戸を閉じるんだぞ」

せかすようにジェレマイアの背を押すアラリックに、

「鎧戸を閉めても聞こえますし、リンツェット様は人生初の長旅の初日で、ご主人様も一日馬上でお疲れなんですから、助平爺《すけべじじい》と呆れられない程度にほどほどにお願いしますね」

と釘《くぎ》を刺してから階段を上がって内側から扉を閉めた。

アラリックが照れた苦笑を浮かべて、

「本当に口の減らない子供ですみません。もちろんただの添い寝のつもりでしたし、外でなどなにもいたしませんよ？」

と弁解がましく言われ、リンツェットも照れ笑いで「承知いたしております」と頷く。

アラリックは最初に敷いていた場所より馬車から離れた場所に敷布を移し、先に横たわって左腕を真横に伸ばし、こちらへどうぞ、というように右手でリンツェットの寝場所を教えてくれる。

頬を赤くしてそろそろと近づいて隣に横になると、アラリックがマントを片手で広げて上から掛けてくれた。

降るような星空の下、ひとつのマントにくるまって草の褥《しとね》で恋人と眠るなんて、こんなことも生まれて初めてだ、と胸を熱くしながらリンツェットはすぐそばにある恋人を見つめる。

月灯《あか》りに照らされた美しい貌に見惚《みと》れながら、

「アラリック殿……、今日一日、大変お世話になりました。朝から本当にいろんなことがあって、初めて離宮の外に出ましたし、義弟と別れて、国も出て、もっとどうなることかと思っていたのですが、あなたのおかげで、人質に行くというのに悲壮感などまるでなく、なにやら嫁《とつ》ぎ先へ向かう幸せな旅のような錯覚を覚えてしまいました……」

と小声で正直に打ち明ける。

アラリックはリンツェットの頭を乗せた左腕の肘《ひじ》を曲げて優しく髪を撫でてくれながら言っ

た。

「錯覚ではなく、ほぼ事実ですよ。私はリンツェット様の伴侶《はんりょ》になりたいですし、できればうなじを噛ませていただいて、生涯私だけのものになっていただきたいです。……昨日は初対面で、お互いになにも知らない状態で、『運命の番』の相手だということしかわからずに行為に及んでしまったので、うなじを愛咬《あいこう》することは控えました。私のほうはひと目ぼれで、きっとこの方を生涯愛するだろうという予感と確信があったのですが、リンツェット様は私の人となりを知ったあと、私に恋をしてくださるかまだわからなかったので、先走ってはいけないと思いまして」

「……そうだったのですか……」

たしかに、発情期に『運命の番』の相手と交合《こうごう》している最中にうなじを噛まれると、生涯お互いにしか発情しなくなると昔習った覚えがある。

昨日は無我夢中でそんなことを思い出す余裕はなかったが、せっかくの機会だったので遠慮せず噛んでもらいたかった、と残念に思う。

自分も相手のことを『運命の番』という自覚はないままひとめ惚れをしたし、昨日今日と共に過ごしてみて、二日分しか知らなくても、この方とは絶対に心が通じ合うと確信が持て、恥ずかしながら、肌も合うと感じている。

相手に裸で抱きしめられたとき、触れ合った素肌がしっくりと馴染み、興奮しているのに安らぐような不思議な気がして、いつまでも離れずに肌を寄せ合っていたかった。

最中はきっと相手も自分のこれまでになく強い誘惑香《ゆうわくこう》に煽《あお》られて理性を保つのは難しかったはずなのに、ゲルハルトのように我を忘れて己の欲望を満たそうとしたりせず、ひたすら自分に快楽を与えようとしてくれた。

発情期でなにをされても感じるような状態だったとはいえ、あんな風に抱かれたら、身体だけでなく心まで熔《と》かされて、またあの悦《よろこ》びを何度でも味わいたいと願ってしまうし、今度はもっと自分も相手に尽くしたいと思ってしまう。

リンツェットは腕枕をしてくれる相手にさらに身を寄せ、マントの下でぎゅっと抱きつく。

「アラリック殿、あなたの人となりは二日分しか存じませんが、わたしも生涯の伴侶はこの方しかいないという予感と確信があります。次の発情期には、是非うなじを噛んでいただけませんか……？　あなただけのものにしていただきたいですし、わたしは元々浮気はいたしませんが、あなたがわたし以外の者に惹《ひ》かれなくなれば、安心できますので」

そう言うと、アラリックは目を瞠ってから嬉しそうに笑い、チュッと髪に口づける。

「ですから、あなたを知ったあとに目移りなんて金輪際《こんりんざい》いたしませんので信じてください。世界中の最も美しい花を集めた花園でも、あなたより美しい花はありません。お姿だけでなく、性格もお優しく、芯《しん》もあり、従僕に寝床を譲ってくださったり、私だけでなく部下にもわずかなことでもなにかするたびに感謝してくださる謙虚《けんきょ》で素直なお人柄など、あなたを知るたびに惹かれる一方です」

また臆面《おくめん》もなく讃美《さんび》されて頬を染めていると、右手でうなじをひと撫でされ、

「お許しをいただけましたので、次の発情期には是非、ここに歯を立てさせてください。……よろしいですか？　そうしたらもう私からは逃げられませんよ？　逃げたくなっても逃がしませんが」

と初めて見るすこし悪い貌《かお》で笑まれ、ドキドキしながらリンツェットも言い返す。

「わたしだってあなたが逃げたくなっても逃がしませんから。もしもあなたが心変わりをして番を解消したいとわたしに告げようとするときは、毒を盛られるお覚悟をなさってからにしてくださいね」

愛が重いと思われるかもしれないが、やっと全力で愛してもいい相手を見つけ、同じくらいの強さで愛される歓びを知ったあとで、もし捨てられたりしたら相手を殺して自分も死ぬ、と本気で思いながら告げると、アラリックは怖がるどころか嬉しげな笑みを浮かべた。

「怖ろしいことをおっしゃいますが、番の解消なんて死んでも望みませんので、毒殺は恐れるに足りません。……でも、そんな可愛い脅迫をなさるほど、私を好きになってくださったのかと思うと、毒も飲まないのに息が止まりそうです」

あなたのせいですから、口移しで息を吹き返させてください、と囁きながら唇を塞《ふさ》がれる。

「……ン……」

うっとりと甘い人工呼吸をしてから唇を離すと、アラリックにじっと瞳を覗きこまれる。

ドキドキとときめきつつ、ふと夜闇に金瞳《きんとう》が光って怖ろしく見えたりしないかと急に気になってしまい、

「……アラリック殿、月灯りで左目が光ったりしていませんか……？」

とおずおず確かめると、アラリックは笑顔で頷いた。

「まばゆいほどに。空から降ってきた流星があなたの左目におさまったかのように煌《きら》めいていますよ」

歯の浮くような形容も、相手が本心から告げているのがわかり、照れながらも嬉しくなる。

本当にこの目を怖いとは思わず、ただ美しいと感じてくれるのだと改めて胸が詰まり、リンツェットは潤《うる》んでくる瞳を伏せて相手の首筋に頬をすりよせる。

「アラリック殿……、あなたの話し方や比喩《ひゆ》や御声が大好きです。楽しい話をするときの御声も、愛を告げてくださる時の御声も、どちらもいつまでも聞いていたくなります……。まだ聞いたことのない御声があるのですが、もしよろしければ、わたしに子守唄を歌ってくださいませんか……？」

本人の自己紹介やジェレマイアの話で聞いた歌声を聞いてみたかったし、なんとなく甘えたい気分になり、子守唄をねだる。

アラリックはリンツェットの小さな願い事を快諾《かいだく》してくれ、囁き声で即興の子守歌を歌って

くれた。

青と金の瞳の美しい王子に出会った男が、恋焦《こ》がれて豚の睾丸のお守りを作るまでのおかしな歌詞を優しい調べで歌われ、ジェレマイアが言っていた通りだ、と口元に笑いが零《こぼ》れる。

何番まででも聞いていたかったが、なにからなにまで初めて尽くしの一日で疲れていたようで、眠気がこみ上げてしまう。

星降る夜、恋人の腕枕で体温を分け合いながら、虫の音を伴奏《ばんそう》に美声の子守唄を聞いていたら、もう瞼《まぶた》を開けていられなかった。

離宮の寝心地のいい寝台でもひとりの夜が淋しくてなかなか寝つけないこともあったが、草原に敷布をしいただけの寝床で、見張りはいるが獣が来たりするかもしれない野天なのに、ぎゅっと抱いてくれる相手がいればなにも怖くなく、安心して眠りにつく。

翌日も、『初めての食堂』『初めての市場』『初めての結婚式の光景』『初めての宿屋』など、様々な初めてをアラリックに経験させてもらい、楽しくて興味深い一日が飛ぶように過ぎた。

残りの五日も様々に景色を変えるダウラート領内を大過《たいか》なく進み、馬車はダウラートの王都ダウラターバルドに無事到着した。

＊＊＊＊＊

ダウラターバルド城はフォンター城とは比較にならないほど大きく、壮麗《そうれい》かつ堅牢《けんろう》で、数多《あまた》の国家の中で最大の版図《はんと》を誇《ほこ》る大国の偉容《いよう》を体現していた。

アラリックはこんな大国を統《す》べる国王の側近《そっきん》なのか、と内心唖然としながら入城する。

王宮は国政《こくせい》を司《つかさど》る外廷《がいてい》と、王や宮廷人の住まう内廷《ないてい》、以前は後宮として使われていた翼棟《よくとう》に征服地から差し出された各国の人質が部屋を与えられて住んでいるとアラリックが案内しながら教えてくれる。

外廷と翼棟は長い廊下で隔《へだ》てられており、アラリックは先に国王に会って、フォンターとの協定についての報告と、リンツェットのことを伝えてくるので、自分が行くまで部屋で休んでいてほしいと言った。

国王への挨拶《あいさつ》はあとで自分と一緒に行こうと言われ、ひとりより心強かったので「わかりました」と了承し、ジェレマイアの案内で翼棟に宛《あて》がわれた部屋に向かう。

共に旅したアラリックの部下たちがフォンターから持参した私物を運んでくれ、片付けまで手伝ってくれた。

実際に部屋を見るまでは、もしかしたら狭い牢獄のようなところかも、とすこしだけ悪い想像もしていたが、広い居間や寝所《しんじょ》、浴室、簡単な厨房《ちゅうぼう》もあり、すぐに暮らせるような家具も備えられていた。

過剰な装飾のない実用的で頑丈《がんじょう》な造りの家具を見て、もしかしたら国王陛下がこういう気質の御方なのかも、と想像しながら楽器や思い出の品を棚や引き出しにしまっていく。

片付けを終えて帰ろうとした部下たちに、心ばかりのねぎらいに疲労回復に効くハーブティーを淹《い》れる。

ジェレマイアに「リンツェット様、よろしければなにか弾《ひ》いてくださいませんか？」とねだられ、部下たちも聴きたいと口々に言ってくれたので、恥じらいながら箱型の鍵盤《けんばん》楽器のクラヴィコードを書き物机の上に載せ、短めの曲を披露《ひろう》する。

オルソラたち以外、誰かに聴かせるのは宰相のヴェルツ以来なのでドキドキしながら最後の一音を弾き終え、チラッと窺うと、八人の聴衆《ちょうしゅう》から一斉に歓声と拍手が起こった。

「リンツェット様、お上手なんですね！　ご主人様と違って正統派な感じで素直に感動できました！」

「もっとほかの楽器も弾いていただけませんか？」「是非とも」と皆に所望《しょもう》され、照れつつも喜ばれるのが嬉しくて、六本弦のリュートや、ヴィオラ、笛など持参した楽器をひと通り演奏していると、

「ほう、見事なものだな。宮廷楽師にも劣らぬ腕前なのでは」

と扉のほうから低い声が聞こえた。

ハッと振り向くと、漆黒《しっこく》の髪と瞳の長身の男とアラリックが一緒に入ってきた。

国王と思われるその人は、まだ若いが辺りを圧するような威厳を放ち、眼光鋭く無表情で、道中アラリックに念を押されていなければ、本当に悪名高い残酷王《ざんこくおう》かと怯《ひる》んでしまいそうな風貌《ふうぼう》だった。

寛《くつろ》いでいた部下たちがサッと片膝をつき、

「陛下、申し訳ありません、すぐに持ち場に戻りますゆえ」

と慌てたように言うと、王は片手を軽く振り、

「構わん。そなたらには本日から四日間の休暇を与える。フォンターから第一王子の護衛の任、御苦労だった」

と平板《へいばん》な声でねぎらいの言葉を掛け、退室を促《うなが》すようにもう一度手を振る。

王とアラリックだけが残り、緊張を押し隠してリンツェットも片膝をつき、

「ダウラート国王陛下、お初にお目にかかります。フォンターの第一王子、リンツェット・エーレンベルクにございます」

とすこしだけ声を震わせながら挨拶する。

王は「立たれよ」と無表情に言い、

「私はロラン・アルバロットだ。ついさきほどアラリックから、貴公《きこう》が『運命の番《つがい》』の相手だという話を聞いた。だが、私は常々よく知りもせぬ相手をひと目で生涯唯一の伴侶《はんりょ》だと判断などできるものか疑問に感じていたし、『運命の番』などというものは眉唾《まゆつば》なのではないかとも思っているのだが、貴公もたった八日前に出会ったアラリックに、本気で生涯を共にしたい番の相手だと感じたのか？」

と問われた。

平板な声なので、怒っているのか、呆れているのか、どう思っているのか読みとりにくく、王の隣に控えるアラリックに視線を走らせると、微笑で小さく頷かれた。

その反応から、先に報告したときに頭ごなしに制止をされたわけではないのかも、と気持ちを奮《ふる》い立たせ、

「はい。わたしもアラリック殿にお目にかかるまで、『運命の番』など本当にいるのか、いても巡り合えないのではと思っておりましたが、そうではありませんでした。人質の身で、自由に恋愛できる立場ではないのは重々承知しておりますし、ましてや国王陛下の側近が御相手など、示しがつかないとお咎《とが》めを受けても仕方がないとは思うのですが、もしお許しいただけましたら大変嬉しゅうございます」

と遠慮がちに、でも正直に伝える。

王は無表情にじっとリンツェットを見つめ、

「すこし貴公とふたりだけで話がしたい。アラリックの口から聞いただけでは、頭に花が咲いたような内容ばかりで埒《らち》があかなかった。アラリック、しばらく自分の居室《きょしつ》に戻っていろ」

と素っ気なく言った。

アラリックが「え」と声を上げ、

「陛下、お待ちを。リンツェット様は長らく離宮でおひとりでお暮らしで、人と会話をするご経験が少々少なかったせいか、比喩《ひゆ》表現を文字通り受け取られて大幅に疎通《そつう》が困難になることがありますので、私が通訳として控えていたほうが」

とリンツェットをひとりにしないように懸命に助け舟を出してくれたが、

「私はおまえのような比喩は使わんから問題ない。早く出て行け。話が終われば呼びに行かせる」

と王はにべもなく言った。

アラリックは何度か口を動かして抗《あらが》おうとしていたが、王の譲らぬ気色《けしき》に諦めたように吐息を零《こぼ》し、リンツェットに向かって（なんとか頑張ってください）と目で励《はげ》まして、後ろ髪を引かれる様子で部屋を出ていった。

ふたりだけになってなにを話そうというのだろう、やはりアラリック殿とのことを禁じられてしまうのだろうか、と不安に身を固くしていると、王は無表情のまま部屋を横切って応接用の椅子に座り、リンツェットに向かいの席に掛けるように目と手で示した。

じっくり腰を据《す》えて別れを強要されるのだろうか、と思いつつおずおず席につくと、相手が言った。

「そう固くならず、ゆるりとしてくれ。いまは国王としてではなく、アラリックの友として話がしたい」

わずかに声の調子や表情が変わった気がして、

「……わかりました」

とリンツェットはすこし緊張を解きながら頷く。

王は切れ長の目をリンツェットに据え、観察するように眺めながら言った。

「アラリックは数少ない友人なので、幸せになってもらいたい。『運命の番』というのが真実でも、貴公が友にふさわしくない人物ならば、仲を認めるわけにはいかぬ。貴公が王の側近を色仕掛けで骨抜きにして、意のままに操って権勢《けんせい》を揮《ふる》おうとする野心家で、それを巧《たく》みに隠しているような人物ではないか、自分の目で確かめたい。この世にはいろんな人間がいるからな」

「……」

あまりの言葉だと思ったが、厳しい生《お》い立ちを聞いていたし、こんな大国の王ともなると、様々な思惑の人間が真意を隠して近づいてくるのかもしれず、腹の探り合いをして確かめないと安心できないのかもしれない。

それに猜疑心《さいぎしん》を向けられるのは、アラリックが悪い相手に引っかからないように案じている友としての気持ちと思われ、リンツェットはロランに聞かれるまま来《こ》し方や自分のことについて話し、不純な動機でアラリックを選んだわけではなく、純粋な恋心しか抱いていないことを伝えた。

ロランはリンツェットの受け答えを真実の言葉だと信じてくれたようで、

「……なるほど、よくわかった。失礼な物言いをしたことをお詫《わ》びする。アラリックはいい伴侶を得たようだ」

と率直に無礼を詫び、リンツェットとアラリックの仲を認めてくれた。

「ありがとう存じます、陛下」

ホッと胸を撫でおろしながら礼を言うと、

「しかし、『片青眼《かたあおめ》』というだけで、あなたは随分難儀《なんぎ》な思いをしてきたのだな」

と呼称を「貴公」から「あなた」に代えて言葉を続けられた。

すこし心を開いてくれたように感じられ、こちらも無表情で平板な話し方に慣れてきて、緊張が和《やわ》らいでくる。

「いいえ、陛下のほうが筆舌《ひつぜつ》に尽くしがたい御苦労をされたとアラリック殿から伺いました。陛下に降りかかった受難《じゅなん》の日々に比べたら、わたしの苦労などものの数ではありません」

いや、私はもう昔のことだが、あなたは八日前まで辛い目に遭《あ》っていたのだろう、と素っ気ない口調ながら、瞳には思いやりが感じられ、やはりこの方は根は優しい御方なのかもしれない、とリンツェットは思う。

「わたしはただ置かれた境遇に抗えずに従っていただけですが、陛下は強靭《きょうじん》で不屈《ふくつ》の御心《おこころ》で苦難を乗り越えて道を拓《ひら》かれ、それだけでも敬意しか抱けませんが、統治者として優《すぐ》れておいでなのも道中の領内の様子から窺えました。ダウラートの領内に入ってから、どの町も村も農地もきちんとしていて、荒廃《こうばい》しているような場所は見受けられませんでしたし、人々も安心して暮らしを営《いとな》んでいるように見えました。アラリック殿が陛下を賢君《けんくん》だと誇《ほこ》らしげに話してくれましたが、その通りだと思います。きっと陛下のお母上様も天で誇りに思われていることでしょう」

と共に母を早くに亡くしていると聞いていたので言い添えると、ロランはかすかに口角《こうかく》をあげた。

「だといいが。……あなたの声や話し方は人の心をほぐす力を持っているようだな。さきほど奏《かな》でていた調べも優しげで心地よかった。アラリックも竪琴《たてごと》がうまいから、今度合奏して聴かせてくれ」

きっと宮廷楽団の名演奏を聴いて耳が肥《こ》えているだろうに、自分のつたない演奏も誉めてくれ、恐縮しつつも嬉しくて、

「過分な御言葉、痛み入ります。わたしもまだアラリック殿の竪琴をお聞きしたことがないので、是非聞いてみたいですし、合奏もさせていただきたいです。誰かと合奏するなんて、子供

の頃に母や女官としただけなので、アラリック殿と共に奏でたり歌ったりできるなんて夢のようです」

と喜びを隠せずに答えると、ロランがうっすら苦笑を浮かべた。

「あいつの歌は珍妙な歌詞が多いから、共に歌うのはいかがなものかと思うが。ちなみにあなたはあいつが適当に作る歌を聞いたことがあるか？　よく私の無骨《ぶこつ》さをからかうような歌を歌うのだが、一応韻《いん》を踏んでいたりするからうっかり感心してしまう。咄嗟《とっさ》にあれだけ思いつくのは、それなりに立派な才能かもしれん」

だいぶ砕《くだ》けた様子で話をしてくれ、やはりアラリックから聞いていたとおり、怖いのは御顔だけなのかもしれない、と安堵しながら、

「わかります、一度楽しい子守唄を聞かせていただきましたが、歌詞を書きとめておきたいくらいでした」

しばらくアラリックの作った歌詞の話題で楽しく笑いあったあと、

「そういえば、あなたは薬草学の知識が豊富で、自分で薬を作っているとアラリックから聞いたが、現物があるならすこし見せてもらえぬか？」

と水を向けられ、寝所の棚に並べた薬瓶《びん》を見てもらう。

「……これはなかなかのものだな。王宮の薬事房《やくじぼう》にもないものもあるぞ」

丸薬《がんやく》や煎《せん》じて飲む乾かした薬草、抽出《ちゅうしゅつ》したエキスで作った塗布薬《とふやく》などを手に取って眺めなが

ら感心され、

「独学なので お恥ずかしいですが、片青眼のせいで侍医《じい》に診てもらえなかったので、必要に迫《せま》られて知識を身につけました。元々草花を育てることが好きなので、苦にはなりませんでしたけれど」

と答えると、ロランは薬瓶を棚に戻してリンツェットに言った。

「ここではもし具合が悪くなればすぐに医者を差し向けるから、我慢したり、自分の薬だけですべて対処しようとしなくても大丈夫だぞ。……ただ、抑制剤《よくせいざい》など自分の身体に合う薬は自分で作ったほうが安心かもしれんし、土に触れることが好きなら、専用の薬草畑を作らせよう。薬事房にも薬草園があるが、ここからだとすこし距離があるから、すぐ近くの庭にいろいろ植えて育てるといい」

細やかに心くばりをしてくれることがありがたく、心から礼を述《の》べると、

「ときに、あなたからとてもいい香りがするが、どんな香水を使っているのか訊いてもいいか」

と問われた。

「香水はつけておりませんが、もしかしたら髪を洗う洗髪液《せんぱつえき》をハーブで作っておりますので、その香りでしょうか」

自分の使っている洗髪液の瓶を取ってきて嗅《か》いでもらうと、

「あぁ、この香りだ。いいな、これは。……済まぬが、すこし分けてもらえぬか。この見てく

れなので、アラリックのように小洒落《こじゃれ》た香水をつけるのは気恥ずかしいが、これなら私が使ってもおかしくないような気がする」

とうっすら照れくさげに言われた。

無骨な王の可愛らしい一面を垣間見《かいまみ》て、リンツェットは微笑を誘われる。

「もちろんこちらも差し上げますが、もしよろしければ、オレンジフラワーやラベンダーなどを使って陛下にお似合いの香水をお作りいたしましょうか。いかにも香水をつけているという感じはせずに、ほのかに爽《さわ》やかに香るような、自然な香りの香水なら、陛下にもお気軽にお使いいただけるかと」

人質にもあれこれ気遣いをしてくれるロランにすこしでも御礼がしたくて提案すると、

「……ありがたいが、そんな面倒なことを頼んでもいいのか？」

と命じることもできる立場なのに偉ぶらずに問われ、リンツェットはにこやかに頷いた。

「離宮でも暇にあかせて花のエキスで香水を調合して、薄めて部屋に撒《ま》いたりしておりましたので、ちっとも面倒ではありません。いくつか試作品を作ってみますので、もっとこういう感じがいいとか、嗅いでいただいてご意見をいただければ、お好みの香りになるように改良いたします。しばしお時間をいただいてもよろしいですか？」

ほかに仕事があるわけでもなく時間はたっぷりあるし、自分の得意なことで恩返しができるなら、と内心張りきって言うと、

「もちろんだ。急ぐことはないし、足りないものがあれば用意するから遠慮なく言ってくれ。……自分好みの特注の香水など初めてだし、完成が楽しみなのだが、ひとつ頼みがある。このことはアラリックには伏せておいてもらえぬか」

とすこし声を潜《ひそ》めて言われ、リンツェットは「え？」と目を瞬《しばた》く。

ロランはまたうっすら気恥ずかしげに、

「いままであいつのように身だしなみにこだわったこともなく、香水などつけたこともないのに、あなたに香水の調合を頼んだなどとわかったら、なんとからかわれるか。『急に色気づいた朴念仁《ぼくねんじん》の歌』などと変な歌詞の歌を歌いだすに決まっているから、それは避けたいのだ」

とぼそぼそ弁解され、リンツェットは微笑ましく思いながら頷く。

「心得ました。あの方ならやりかねないかもしれませんね。では、試作品ができましたら、御声をかけさせていただきます」

ロランは頷いて、

「よろしく頼む。……今後のあなたとアラリックのことだが、ほかの人質の手前もあるので、おおっぴらに同居させるわけにもいかないが、しばらく通い婚という形でも構わぬか？」

と打診され、そんな配慮まで、と薄く赤面しながら頭を下げる。

「なにからなにまでお心遣い感謝いたします。どんな形でも、お認めくださっただけで充分ありがたいので、否やなどあるはずがございません」

ロランが退室したあと、入れ替わりでアラリックが戻ってきて、大丈夫だったか、苛《いじ》められたりしなかったか、疎通は間違いなく図《はか》れたかと勢いこんで問われた。

リンツェットは笑顔で頷き、

「大丈夫でした。最初だけすこし怖い気がいたしましたが、陛下は大変情け深く、お優しい御方でした。わたし用の薬草畑を作ってくださるとか、細やかにお気遣いくださり、わたしたちのこともご理解くださって、人目もあるので住まいをひとつにすることはできないけれど、通い婚をお許しくださいました。いつか合奏を聴かせてほしいとも言ってくださり、打ち解けてくださって嬉しゅうございました」

と報告すると、アラリックはホッと息をつき、

「ね、言ったでしょう？　怖いのは顔だけだって」

と茶目っ気のある表情で片目をぱちりと閉じた。

その仕草を初めて見たので、目がかゆいのかと「目薬をお使いになりますか？」と訊ねると、一瞬きょとんとした相手に噴き出されてしまう。

「いまの目配せは、可愛くて仕方がない相手や、秘密の企《たくら》みがうまくいったときにこっそり交わす合図なんですよ」

そう説明され、また物知らずなことを言ってしまった、と恥じ入りつつ、いまのはどちらの合図なんだろう、たぶん後者だろうけれど、もうひとつの意味のほうだったら嬉しい、とつい

思ってしまい、どんどん欲深くなる己に気づいてリンツェットはますます顔を赤らめた。

＊＊＊＊＊

ダウラターバルド城の翼棟《よくとう》での虜囚《りょしゅう》生活が始まってしばらく経《た》ったが、リンツェットにとっては幸福としかいいようのない毎日だった。

アラリックの口添えでジェレマイアがリンツェットの部屋付きの従僕《じゅうぼく》になってくれ、楽しい話し相手になってくれるし、近くの部屋に住む人たちともすこしずつ顔見知りになったが、瞳の色を誉められこそすれ、誰にも気味悪がられることはなかった。

アラリックは公務を終えると連日リンツェットのもとを訪れ、仕事が休みの日は朝から晩まで一緒にいてくれる。

調度品がロランの意向で地味すぎる、とあれこれと部屋に飾る置き物や鉢植《はちう》え、昼間に退屈をしのげるようにとダウラートの本やジェレマイアと一緒に遊べるボードゲームなど、必ず手土産も持ってきてくれる。

泊まることはなく遅くならないうちに自分の居室《きょしつ》に戻っていくが、こんなに足繁《しげ》く通っていたら、全然人目を忍べないのでは、と気になりつつも、毎日会えるのが嬉しくて、もうすこし控えたほうが、などと嘘でも言いだすことはできなかった。

昼間はロランのために香水を作ったり、薬草畑の手入れをしたりして過ごし、夜はアラリックと共に夕食を食べ、今日あった出来事を面白おかしく歌ってくれるのを聴いて笑ったり、尽きることのない楽しいおしゃべりを聴きながら過ごしている。

しばらくしてロランの香水の試作品がいくつか完成し、柑橘系《かんきつけい》やハーブ系のほかに、王宮の薬草園や庭園や温室にたくさん咲いている花を見たらつい腕が鳴って、蘭《らん》やアイリスや百合《ゆり》や薔薇《ばら》やジャスミンなどから抽出《ちゅうしゅつ》したエキスと微量の麝香《じゃこう》を混ぜた花園のような香りのものまで作ってしまったが、ふと、どうやってロランに連絡を取ろうかリンツェットは悩む。

虜囚《りょしゅう》たちは翼棟の中では自由に過ごせるが、元いた国の者と接触したりできないように、長い渡り廊下の先に番人が控え、外廷《がいてい》や王宮の外に出ることは禁じられている。

毎日通って来てくれるアラリックに頼むのが一番早いが、香水のことは秘密にする約束なので、頼みにくい。

手紙を渡してもらおうかと思ったが、アラリックは妙にリンツェットがほかの男と接触するのを警戒して、ジェレマイアにさえ、普通に一緒にゲームをしているだけでも『従僕《じゅうぼく》の顔が私の番《つがい》の御方に近すぎる』という変な歌を歌って牽制《けんせい》したりするので、ロラン宛の手紙など託《たく》したら、こっそり読んでしまいかねない気がする。

どうせ隠しても香水を実際につけたら「この香りは？」と聞かれると思うが、からかわれる回数を極力減らしたいというロランの意向を汲《く》んで、

『例のものが完成いたしましたので、ご都合のつくときにいつでもお越しください』

と書いた手紙をジェレマイアに持たせ、直接ロランに渡すか、アラリック以外の人にロランに手渡してくださいと頼むように言い含めて使いに出す。

その日の午後、無事手紙が渡ったらしく、ロランがひとりでリンツェットの居室を訪れた。

「アラリックが目敏《めざと》くジェレマイアが届けに来たのに気づいて、あなたからの手紙だと見抜いて『何故リンツェット様が陛下に手紙など』とやいやいうるさかったが、ただのご機嫌伺いの手紙だと誤魔化《ごまか》して、王立図書館に行かせる用向きを作って出し抜いてきた」

「お見事なお手際です」

お互いに子供時代に仲良しの友達がいたら、こんな風に悪戯《いたずら》の共犯者のようなやりとりをしたかもしれない、とふたりで笑み交わしながら、アラリックに見られないように寝所《しんじょ》に隠しておいた試作品を入れた箱を取ってきて、並べて嗅《か》ぎ比べてもらう。

「ほう、どれも甲乙つけがたいいい香りだ。しいてこれはちょっと、と思うものは、このジャスミンや薔薇の香りがするものは、すこし女性的というか、華やかすぎて私にはあまり似合わ

ぬような気がする」

たしかにそれはつい楽しくて作ってしまっただけでした、と内心で言い訳しつつ、

「では、こちらとこちらなら、どちらの香りがお好みですか？」

と方向性を詰めようとしたとき、突然グラッと床が揺れた。

「えっ……？」

フォンターではほとんど起きない大きな地揺れに驚いて、思わずしゃがみこもうとして床に倒れてしまう。

「危ない、リンツェット……！」

ロランが叫んでダッと駆けよる。

近くの棚に載せていたクラヴィコードが地揺れで飛び出し、傾いて頭上に落ちてきそうになったのをロランが身を挺《てい》して庇《かば》ってくれた。

「……っ」

自分の頭への落下は免《まぬが》れたが、ロランの右肩に直撃してしまい、リンツェットは目を剝《む》く。

「も、申し訳ありません、陛下……！　お怪我は……⁉」

「たいしたことはない。それより、楽器は大丈夫か」

一度大きく揺れただけで地揺れはすぐおさまり、ロランが床に落ちたクラヴィコードを拾い上げる。

リンツェットはおろおろと平謝りしながら、

「本当に申し訳ありませんでした。地揺れは初めてで、驚いてよろけてしまい……、陛下、楽器はあとで確かめますから、急いで右肩を拝見させていただけませんか？　傷になっていたらすぐに手当てをいたしますので」

と申し出ると、ロランは軽く右肩を動かして、かすかに痛みを感じる表情を浮かべて小さく頷いた。

寝所の薬品棚の前で上衣《じょうい》を脱いでもらい、右肩を診《み》せてもらうと、皮膚を裂く怪我はなかったが、内出血していた。

「本当に申し訳ありません。打ち身に効く塗り薬があるので、それを使わせていただいてもよろしいですか？　湿布《しっぷ》も併用《へいよう》すればすこしでも早くよくなるかと思うのですが」

湿布は生薬《しょうよう》をよく揉《も》んで布に厚く伸ばし患部に当てて包帯で巻くので、準備にすこし時間がかかると伝えると、

「では塗り薬だけ頼む。すぐに外廷に戻って、いまの地揺れの被害について城内や各地からの報告を受けねばならん」

と言われ、リンツェットは急いで塗布薬《とふやく》を掌《てのひら》に受け、痛まないようにそっと肩に塗り広げる。

そのとき、

「リンツェット様っ、いまの地揺れは大丈夫でしたか？」

とアラリックが駆けこんでくる声が聞こえ、ハッと振り返ると、寝所の入口で自分とロランの姿を見て表情を失くして立ち尽くすアラリックと目が合う。

自分が以前夢や期待を砕《くだ》かれたときに同じ顔をしたのでは、と思うような衝撃の浮かぶ瞳に、一瞬言葉が遅れる。

やましいことはなにひとつないが、きっとアラリックには誤解を抱かれても仕方ない状況で、リンツェットが「アラリック殿、これは、」と弁解するのと、「勘違いするな」とロランが言いかけるのと、「ロラン、貴様――ッ！」と鬼の形相《ぎょうそう》でアラリックが突進してくるのが同時だった。

ロランに殴りかかるアラリックに驚いて、

「アラリック殿、おやめを！」

と悲鳴のような声でリンツェットが叫んだとき、ロランが身を躱《かわ》してガッとアラリックの腕を摑む。

「早まるな。殴られるようなことはなにもしていない。むしろ感謝されてしかるべきだというのに、私にまで妬心《としん》を向けるなど、色ぼけも過ぎるぞ」

さすがに不機嫌そうに目を眇《すが》めるロランを負けじとアラリックが睨み据《す》え、

「なにが感謝だ。私にどうでもいい用事を押し付けて、リンツェット様の寝所で半裸でいる現場に踏み込まれたというのに、よくもぬけぬけと……！」

ぎぎぎと軋《きし》む音が聞こえそうなほど互いの腕を拮抗《きっこう》する力で押しあうふたりに、リンツェットは咄嗟《とっさ》に塗布薬を塗っていた掌をアラリックの鼻先にかざして言った。

「アラリック殿、この手をお嗅ぎください。たったいま、わたしを庇って肩にお怪我をされた陛下に薬を塗っていただけです。地揺れでクラヴィコードが棚からずれ、わたしの頭上に落下するところを陛下が助けてくださったのに、あらぬ誤解はおやめください……！」

すこしツンとする塗り薬の匂いを嗅げば真実だとわかるだろうと思いながら告げると、

「え……怪我の手当て……？」

と憑《つ》き物が落ちたように呟いて、ロランの右肩を確かめ、内出血のあとを認めるとアラリックは気まずげな含羞《がんしゅう》の表情でロランを見た。

「……なんと詫《わ》びたらいいのか……、とんでもない勘違いをして、本当に申し訳なかった」

友人として謝るアラリックを一瞥《いちべつ》し、

「……まあ、殴られずに済んだから構わんが、そんな料簡《りょうけん》の狭いことでこの先大丈夫なのか？長いつきあいで、おまえが激昂《げっこう》するところなど初めて見たが、あまり愚《おろ》かな独占欲に囚《とら》われていると、穏やかなリンツェットにも愛想《あいそ》を尽かされるぞ」

とロランも友として許し、上衣を着直す。

三人で寝所から出ると、ジェレマイアが地揺れで倒れた香水瓶から床の絨毯《じゅうたん》に零れてしまった香水を拭《ふ》いていた。

混ざり合った香りが噎《む》せるように濃く立ちのぼる床から顔を上げ、

「……リンツェット様、せっかく作った香水がすべて零れてしまいました……」

作るのを手伝ってくれたジェレマイアに無念そうな顔で報告され、リンツェットは「また作ればいいよ」と鷹揚《おうよう》に慰める。

「リンツェット様が香水をお作りに？　いつのまにそんなことを？」

毎日会って話しているのに初耳だというようにアラリックにすかさず問われ、隣のロランが軽くぎくりとするのを見て、リンツェットは機転をきかせる。

「……実は、アラリック殿がいつも素敵な香りを身につけておいでなので、わたしがお作りしたものもたまにはつけてくださらないかと、贈り物にしたくてひそかに調合しておりました」

嘘も方便、と思いながら告げると、アラリックは「なんと、私のために……？」と感激も露《あら》わに香水瓶の底に残っていたものや床に這いつくばって香りを吸い込む。

「こんな素敵な秘密の贈り物は初めてです。憎い地揺れのせいでいますぐつけられないのが無念ですが、いっそここで全裸になって絨毯《じゅうたん》の上を転がって香りを身に纏《まと》おうかと」

歓喜を全身で表そうとするアラリックに、

「やめろ。前から若干おかしな奴だと思っていたが、リンツェットに出会ってから輪をかけてひどくなったな。これほどおかしくなるというのなら『運命の番』になど会えなくて結構だ。ほら、遊んでないで外廷に戻るぞ」

と呆れ声で友を窘《たしな》め、連れだって扉に向かいながらロランは一瞬ちらりとリンツェットに目顔で感謝を告げてくれた。

いまこそ「企みがうまくいったときの合図」の使い時だ、とリンツェットもぱちりと片目を閉じてみせる。

初めての目配せがうまくできたと内心ご満悦《まんえつ》だったのに、夜になってまた部屋にやってきたアラリックの瞳はうろんなものだった。

「……どうかされたのですか？　もしや地揺れの被害が甚大《じんだい》だった地域があったとか……？」

なにに心を悩ませているのか聞かせてほしくて優しく問うと、アラリックは思い詰めた表情で口を開いた。

「……いえ、そうではなく、さきほどの件なのですが、よく考えるとあの説明では納得いかない点があり……、あなたは本当にロランのことで、わたしに嘘も隠しごともなにひとつないと神に誓えますか……？」

「……え」

思わず小さくピクリと震えてしまったが、そんな善悪を問われるような大それた嘘や隠しごとではないし、元はと言えば、恋人がすぐ変な歌でからかったりするからだし、と言い訳して「はい」と微笑して頷く。

アラリックは瞳をわずかに眇《すが》め、

「……そんな麗《うるわ》しい微笑で私を欺《あざむ》こうとするとは……、つい欺かれてもいいと思ってしまう自分が哀れですが、ではお聞きします。今日ジェレマイアに託《たく》したロラン宛の手紙になにを書き送ったんです？　密会の連絡ではないのなら、地揺れが起きる直前、ロランはここでなにをしていたんですか？　なんのわけがあってあいつが私を連れずにひとりでリンツェット様を訪《おとな》うのです。それにすこし前からロランはあなたと同じ洗髪液を使っているし、『いい香りだから分けてもらった』と言っていましたが、そんな洒落《しゃれ》っ気《け》を出すような男じゃなかったのに、おかしいではありませんか！　それにさっき帰り際にふたりで目配せしていましたよね？　私が見逃すとでも⁉　信じたくはありませんが、まさかあなたは二股《ふたまた》をかけておいでなのでは……⁉」

と激情に駆られた声で追及される。

とんでもない言いがかりにリンツェットは目を瞠《みは》り、

「なにをおっしゃるのです！　わたしがそんなことをするはずがないでしょう！　あなたはわたしを暗闇から救ってくれ、わたしが望んでも得られなかったすべてを与えてくれ、笑い方すら忘れたわたしをずっと笑わせてくれ、この方に出会えたから死を選ばなくてよかったと思える、共に過ごす時間が永遠に続いてほしいと願う唯一の御方ですのに……！」

と心のままに叫ぶ。

いままで感情を露わにしたことも、腹の底から声を出したことも一度もなかったから、自分がこんな大声を出せることに内心驚く。

しかもいま自分は「初めての痴話喧嘩《ちわ》」というものをしている、とひそかにときめきながら不当な嫌疑《けんぎ》をかける恋人に怒りをぶつける。

「陛下は友であり腹心《ふくしん》であるあなたの伴侶だからわたしにお気遣いくださるだけですし、わたしも同じです。あなたを裏切るような後ろ暗い真似は欠片《かけら》もしていないのに誰かれ構わず勘ぐるなんて、どうかしておいでです！　誤解で殴りかかっても寛大に不問にしてくださった陛下をまだ疑い、わたしの気持ちも疑うなんて許せません。謝ってください！」

部屋の隅でどうなることかとなりゆきを窺っているジェレマイアに目顔で退室するように伝え、心おきなく土下座してもらおうと思ったとき、ふわりと誘惑香《ゆうわくこう》が漂いだす。

「……ぁ」

何故いま、と思ったとき、アラリックがリンツェットの前に身を投げ出すように両膝で跪《ひざまず》き、がしりと両脚を抱え込んで片頬をすりよせながら詫びた。

「申し訳ありません、リンツェット様……！　あなたを愛するがゆえにあなたをそんなにも怒らせてしまうなんて、私が愚かでした。あなたがあまりに美しすぎ、お人柄も可愛らしすぎるので誰もかれもがあなたに魅了されて私から奪う気なのではと心配で……、雑魚《ざこ》でも困るのに、ロランは私が一目置く男なので、もしロランが本気であなたに迫ったら、番の私でも太刀《たち》打ちできぬかもと恐れてしまい……」

そんなわけないのに、と思いながら、脚にすがりついて切々と訴える相手を見おろしていると、どんどん花の香りが濃くなって身の内が火照《ほて》りはじめる。

本当はアラリックにいくら独占欲を向けられてもあまり困ってはおらず、むしろ嬉しいだけだったし、いまは痴話喧嘩よりしたいことがほかにあった。

リンツェットはそっと両手を相手の肩に乗せ、

「……陛下には陛下の『運命の番』がおいででしょうし、わたしだってあなたしか目に映りませんのに、なにをそんなに案じることがあるのですか？　そんなに心配なら、いますぐわたしのうなじを噛んで、あなただけのものにしてください……」

と発情に潤《うる》んだ瞳で告げる。

こくっと息を飲んだアラリックは、立ちあがりざまにリンツェットを抱き上げ、狂おしく唇を奪いながら寝所に向かった。

＊＊＊

「……ン……ンン……ふ……っ」

身を繋げるのは初めて離宮で出会った日以来だったから、発情期のせいでなくても期待と興奮で身体が昂《たかぶ》る。

深く舌を絡ませながら寝台に横たえられ、唇を離さずにお互いの服を脱がしあう。

「……リンツェット様……、どれほどこの日を待ちわびたことか……」

「……わたしもです……」

上にのしかかってくるアラリックの背中をかきよせるように抱きしめ、首筋に顔を埋《うず》めて香りを吸い込み、うっとりと吐息を零《こぼ》す。

自分の肌が相手に触れていない箇所《かしょ》があるのが嫌で、余すところなく張りつくように下から押し付け、腕だけでなく片脚も相手の脚に絡ませる。

「……リンツェット様、随分私を誘惑するのがお上手になりましたね。もちろん大歓迎ですが……」

耳たぶを噛まれながら囁かれてふるりと震える。

前のときは自分ひとりが相手に誘惑されるばかりだったから、香り以外でも相手をもっと誘惑したくて、合わせた胸の下でツンと尖《とが》る乳首を擦《こす》りつけるように反《そ》らせてみる。

脚の間に重なった相手の昂りがぐんと力を増し、下腹を雫《しずく》で濡らすのを感じ、『不肖《ふしょう》』どころか立派すぎる相手の息子を慰めたくなる。

リンツェットはすこしためらってから、くいっと腰を突きあげ、

「……あの、アラリック殿……、泣いているあなたのこちらを……わたしの口でお慰めしても……？」

と小声で問うてみる。

はしたないことを口走っている自覚はあるが、前に相手に口でしてもらったときに天上の悦《えつ》楽《らく》を覚えたし、同じようにはできなくても、相手にも快楽を与えたい。

アラリックは目を瞠ってリンツェットの顔を正気か確かめるようにまじまじ見つめ、

「……願ってもないお申し出ですが、本当によろしいので……？」

と掠《かす》れた声で確かめてくる。

リンツェットが赤い顔で小さく頷くと、アラリックは優雅な獣のような身ごなしでリンツェットの上から身を起こし、片膝を立てて座った。

リンツェットも起き上がり、髪が邪魔にならないように片側に寄せて手で押さえ、支えがなくても天を向く屹立《きつりつ》にそっと唇を寄せる。

「……ん、む……ぅん……」

相手の性器は本人のように美しく、口に含むことにわずかな抵抗も覚えず、むしろときめきながら唇を這わせる。

これが自分の中でどんな動きをしたか思い出しながら舐《な》めていると、触れられもせずに奥の蕾《つぼみ》がひくつきはじめ、中の襞《ひだ》も潤みだす。

「んっ、んっ……あむ……んっ、く……」

徐々に大きく頭を動かして、長い性器で上顎《うわあご》を擦られる快感に口の端から唾《つば》を零しながら、懸命に舌を巻きつかせる。

「……あぁ、あなたの舌にこれほど大事にされて、我が分身が妬《ねた》ましいほどです……」

気持ちいいのは自分なのだから、分身を妬む必要はないのでは、とすこしわけがわからない感想だったが、きっととても悦《い》いという意味だろうと意訳して、しゃぶりながら髪を押さえる手とは別の手で嚢《ふくろ》を揉《も》んだり、根元を撫でたりして、さらに悦《よ》くしてあげようと手をつくす。

「……リンツェット様、最高のご奉仕《ほうし》の御礼に、あなたにもお返しを……」

両手で頬を挟まれてずるりと口から抜かれ、仰向《あおむ》けに倒される。

両脚を大きく開かれ、口で愛撫しているだけで勃《た》ちあがったものをじっと見つめられ、ゆっくりと舌舐《したな》めずりするところを見せつけられたら、早く喉奥《のどおく》まで飲み込まれたくて悶《もだ》えそうになる。

息を止めてその瞬間を待ち、我慢の限界を超える一瞬前、待ち望んだ快楽を与えられる。

「んあぁっ……！」

相手の舌がはちきれそうに反りかえる性器に絡みつき、唇でくびれを締め付けられる。じゅぽじゅぽと音を立ててしゃぶりつき、熱い口中《こうちゅう》できつく吸い上げ、長い舌で根元から尖端まで全周を舐めつくし、宝杖《ほうじょう》かなにかのように頬ずりまでされ、こんなに大事にされる自分の分身に嫉妬する気持ちがわかった。

アラリックは情熱的な奉仕を奥まった場所にも施《ほどこ》し、唇と舌で丹念《たんねん》に後孔《こうこう》を可愛がる。

「あっ、あっ、んっ、ん……い、いい、きもちいい……あぅ、ん」

人差し指の背を噛みながら、尻を上向かされてぬこぬこと舌を抜き差しされる愛撫を受け入れる。

抗わずに陶酔《とうすい》したほうが羞恥心《しゅうちしん》が薄まり、より深い悦楽《えつらく》に没入《ぼつにゅう》できると身体で覚え、無心に淫《みだ》らな愛撫に浸《ひた》る。

身体を裏返され、腰を高く掲《かか》げられて濡れてほころぶ蕾に熱い尖端を宛《あて》がわれ、早く来てほしくて気が逸《はや》る。

アラリックは片手でリンツェットの襟足《えりあし》が見えるように髪を掴み、

「……リンツェット様……、生涯あなたの愛を乞《こ》う下僕《げぼく》でいることをお許しください……」

と囁きながらずぶりと身を進められ、うなじに口づけられる。

「あ、あぁっ……!」

そこを舐めたり吸われたりしながら腰を遣われ、どちらに気を向ければいいのか惑いながら喘《あえ》ぐ。

ずちゅずちゅと卑猥《ひわい》な音を立てて出入りする性器で中の蜜壺《みつつぼ》を穿《うが》たれ、しなる背を抱えこまれて乳首をまさぐられながら、うなじを強く吸われる。

「ア、アラリック殿っ……、そこ、噛んで……、おねが…早く噛んで……！」

自分こそ生涯愛を乞い続けたい愛《いと》しい恋人に叫びながらねだると、ずんと深く打ち込みながら、願いどおり歯を立てられた。

「あ、あうぅぅんっ……！」

愛咬《あいこう》の瞬間、触れられずに達してしまう。

痛みも相手がくれるものなら歓びでしかなく、これで本当に相手を自分だけのものにできたのだと思うと、嬉しくて涙が零れる。

ほぼ同時に極めた相手が一度引き抜き、続けざまに向かいあった状態で身を繋《つな》げてくる。

「あんっ、あ、はっ、アラリッ……んぁっ」

ばちゅばちゅと最初から激しく腰を動かされ、抑《おさ》えがきかないように強引に打ちこまれる。

自分も欲しい気持ちに抑えがきかず、両膝で相手の腰を挟み、共に揺れながら背中を掻《か》き寄せるように撫で摩る。

さらに激しくなる律動に背中を強く掻き抱《いだ》いたとき、相手の首元のリボンに指がかかって解けてしまい、バラッと髪が落ちてくる。

髪を下ろしたところを見るのは初めてで、すこし違う人のようでドキドキしながら見つめていたかったのに、一瞬止まった抽挿《ちゅうそう》をすぐに再開されてしまい、ぶれる視界ではじっくり見惚れることが叶わなかった。

せめて指に触れた毛先を唇に挟み、栗色の毛を噛みながら絶頂まで駆けあがる。

「ン、ンッ、ンンンーッ……！」

相手の硬い腹で擦られた性器から白濁《はくだく》を放ち、同時に奥にどぷどぷと熱い粘液《ねんえき》をかけられる。

立て続けに二度抱かれ、さすがに淫欲《いんよく》はおさまったが、相手にまだ中にいてほしくて内襞で締めつける。

言葉にしない願いをよく汲《く》み取ってくれる恋人は、そのまま抜かずにしばらくあやすように優しく抱きしめてくれた。

＊＊＊

「……アラリック殿、もしかしたら今回は受胎《じゅたい》したかもしれませんね。最中に番の愛咬をしましたし、気が遠くなるほど悦かったですし、アラリック殿も……たくさん中に出されていましたし」

事後、裸で寝台の中で寄り添いながら恋人に頬を染めて告げると、

「すみません、『あなたの中に入れていただくと大量に子種が出てしまうのは何故』という歌

を歌ってもいいですか？」

と照れた笑顔で言われ、思わず噴き出してしまう。

「いまはすこしうっとりしたいので、その歌はご遠慮させてください。……アラリック殿、人質の身ですぐ身ごもっては外聞《がいぶん》が悪いかもしれませんが、わたしはできれば早めに授《さず》かりたいと思っております。アラリック殿はいかがですか？」

お互いの理想の家族計画について話をしたことがなかったので、この機に訊いてみる。

自分はずっとひとりぼっちで暮らしてきたので、愛する人と何人でも子供を産んでにぎやかな家庭を作りたいと望んでいるが、相手はもしかしたら自分ひとりを女神のように崇《あが》めてふたりだけで暮らすことを望みそうな気もする。

どんな返答が返ってくるか固唾《かたず》を飲んで待っていると、

「もちろん、私は子供好きなので、授かれば心底嬉しいですし、リンツェット様似の子供たちなら、何人でも溺愛《できあい》する自信があります。でも、一番溺愛するのはリンツェット様で、それはいくら子供たちが可愛くても譲りませんが」

と胸を張って断言され、リンツェットは満面の笑みで恋人にしがみつく。

こんなに好きな相手と早く子宝に恵まれるには、急いで豚の睾丸《こうがん》のお守りを作るべきか、とつい迷信深い国からきた王子は考えてしまったのだった。

＊＊＊＊＊

「リンツェット様、あそこでキャンディーを売っていますよ。召しあがりますか？」

次の日曜日、リンツェットはアラリックと連れだって城下の市場にお忍びで出かけた。

何故人質なのに王城を出られたのかというと、ロランが香水の件を内密にとリンツェットに頼んだせいでふたりの間にいさかいが起きたことを知り、ふたりに詫《わ》びてくれ、月一回城の外に出て自由に過ごしていいと約束してくれたのだった。

リンツェットにはフォンターの者がゲルハルトを廃《はい》してリンツェットを次期君主に祭り上げようと接触してきたりすることは考えにくく、外に出しても問題ないという判断もあったと思うが、なんにせよアラリックとふたりで外出できることは喜びでしかなかった。

色鮮《あざ》やかなキャンディーの屋台を覗き、どれも美味《おい》しそうで何色を買うか真剣に悩んでいると、アラリックがにこやかに「全色買いましょう」と一種類ずつ全部買ってくれる。

うきうきとキャンディーの入った紙袋を手にほかの屋台もひやかし、綺麗に並んだ果物、チーズや牛乳、魚や肉を油で揚げたフライ、ビールやワイン、パンやお菓子などを売る店を楽しく眺め、美味しそうなものにすこしでも目を止めるとアラリックがすかさず買ってくれ、大量の収穫を持って広場の噴水の縁に並んで座る。

「アラリック殿、今日はアラリック殿と『初めてのおでかけ』と『初めての買い食い』ができて、本当に嬉しくて楽しいです」

どれから食べようかとわくわくしながら笑みかけると、アラリックも幸せそうに微笑み、キャンディーの袋からピンクの粒を取りだす。

「では、『初めてのアーン』をどうぞ」

口元にキャンディーを差し出され、こんな町中で人目もあるのに、と思ったが、にっこり笑う恋人の笑顔と『初めての』とつく言葉に弱いので、リンツェットは頬を染めながら口を開け、苺《いちご》味の幸せを味わった。

恋の奴隷がまたひとり

「リンツェット様、こんなに嬉しい誕生日は人生で初めてです。あなたに祝っていただけるということだけでなにより の贈り物だというのに、これほど真心こもった贈り物の数々、ありがたくて幸せで……もう歌わずにはおられません」

アラリックが『二十六歳の誕生日が幸せすぎて死んだらどうしよう』という歌を歌いだし、リンツェットは満足げに微笑《ほほえ》みを浮かべて珍妙《ちんみょう》な歌に聞き入る。

二十六歳だけでなく、来年も再来年《さらいねん》もこのさきもずっと『幸せすぎて死んだらどうしよう』と歌ってもらえるような誕生日をふたりで過ごしたい、と心から願う。

出会ってからもうすぐ一年になるが、アラリックのおかげでリンツェットは『淋しい』という気持ちがどんなものだったか忘れるほど毎日笑って暮らしている。

ジェレマイアに「リンツェット様、本当に無理してませんか？　前よりすぐ歌いだすようになっちゃいましたし、延々のろけまくった鬱陶《うっとう》しい歌詞だし、内心呆れてるのに我慢してるならビシッと言ってやったほうがいいですよ？」とよく言われるが、まったく無理も我慢もしておらず、何番まででも歌が続く限り聴いていたいくらい喜んでいる。

歌だけでなく、眼差しや言葉や態度のすべてで自分は宝物のように大切にされ、全身全霊で愛されている、と常に感じさせてくれる相手に一点の瑕疵《かし》も感じていない。

そんな最愛の恋人の誕生日は、自分のほうもどれほど愛し大切に想っているか伝わるようなものを贈りたい、と前々から準備を進めてきた。

王宮の庭園に咲いている金木犀《きんもくせい》を煮詰めて作ったアラリックのための香水の第四作目と、アラリックがこの部屋で寛《くつろ》いでいる姿を油彩で描いた絵、自分の髪を少し切ったものと細い亜麻《あま》色《いろ》の天鵞絨《ビロード》の二本の紐《ひも》を三つ編みにして作った髪を結ぶリボン、アラリックの好物ばかりを作った晩餐《ばんさん》とアラリックが美味《おい》しいと言ってくれたマドレーヌもたくさん焼いた。

どれも想像以上に喜んでもらえてよかった、と思っていると、歌い終えたアラリックがすこし改まった表情と声で言った。

「リンツェット様、こんなに予期せぬ贈り物をいただいたうえにさらにねだるのは欲張りすぎだと思うのですが、もうひとつだけお願いしたいことが。……そろそろ私のことを敬称をつけずにお呼びいただけないでしょうか。そちらのほうがより親しみを感じますし、あなたに呼び捨てにされたい願望が抑えきれないので」

「え……」

自分は「アラリック殿」と呼びかけるときにこれ以上ない親密さを込めていたつもりだし、呼び捨てでは敬意が伝わらないのではないかという気がしたが、本人がそう呼ばれるほうが嬉しいというのなら、とリンツェットは微笑して頷いた。

「わかりました。では早速《さっそく》、アラリック、こちらは誕生祝いとは別なのですが、お受け取りいただけますか？」

自分の髪を編んだ紐で綴《と》じた家鴨《あひる》の嘴《くちばし》のお守りを差し出す。

明日からアラリックはロランと共に軍勢を率いてコルトー公国との領土問題の交渉に向かうことになっている。

コルトー公国とダウラートは国境にあるティブルカーノという町の所有権をめぐって昔から争っており、元々はダウラート領だったことを盾《たて》に今回は強硬姿勢で返還を要求し、もし応じなければ武力行使も辞さないという方針だと聞いた。

ただ、コルトー側も戦《いくさ》は避けたいはずなので、おそらく話し合いだけで決着がつくはずです、とアラリックは言ったが、莫大《ばくだい》な富を産む鉱山がある地をすんなり手放すかどうかわからず、窮鼠《きゅうそ》猫を嚙むようなことにならないとも限らないので、もしもの時のためにお守りを作った。

気休めではあるが、なんとしても無事に帰ってきてほしいという気持ちをこめたお守りを渡すと、

「ありがとうございます。ロランも好んで戦を仕掛けたいわけではないし、きっとあちらも現実的な選択をして戦闘には至らないと思うのですが、あなたの真心のお守りを身につけて行ってきますね」

とアラリックは笑顔で受け取ってくれた。

すこしためらってから、リンツェットからも遠慮がちに願いごとを切り出す。

「あの、アラリック、返還交渉がうまくいけば最短で十日間、もし決裂すればそれ以上あなたと離れることになるので、その間あなたを偲《しの》べる衣類をすこしお貸しいただけませんか……？」

いままで十年も離宮にひとりで暮らしてきたのに、アラリックを得られたいまは、十日離れるだけでも心細くてならず、相手の衣類で巣づくりをしないとても耐えられそうになかった。

軍人の伴侶として不甲斐《ふがい》ないと咎《とが》められるだろうか、とすこし案じていたが、アラリックは感激の面持《おもも》ちで、

「もちろん何枚でもお渡しいたします。なんなら『いますぐ全裸になって身ぐるみお捧《ささ》げいたしますとも』という歌を歌いたいくらいですが、さすがに穿《は》いた下着は失礼なので、明日ジェレマイアに綺麗なものを運ぶように伝えておきます。あなたが私の服に埋《う》もれてお寝《やす》みになるお姿を想像するだけで至福のときめきと癒《いや》しを覚えますが、つい自分の服が羨《うらや》ましくて裂きたい衝動を堪《こら》えるのに必死です」

と相変わらずなことを言ってリンツェットの苦笑を誘う。

その晩は誕生祝いと遠征前夜の濃厚な営《いとな》みをし、明け方まで共に過ごした。

＊＊＊

「リンツェット様、ご主人様からお手紙です」

アラリックが出発して六日後、ジェレマイアから手紙を受け取り、けりがついたという報告か、戦火《せんか》を交えることになったという報告か、どちらだろうと緊張しながら目を通すと、コル

トーとの返還交渉はいろいろありつつ無事目的遂行できたので、これから帰還する、詳しいことは会ってから話すが、きっと驚く秘密があるのでお楽しみに、と書いてあった。

ひとまず戦にならずに済んだことに胸を撫でおろし、思わせぶりな秘密とはなんだろうとあれこれ想像しながら帰還の日を待った。

王都に凱旋《がいせん》したロランを出迎えると、人形のように美しく可愛らしいコルトーの少年王子を傍《かたわ》らにしており、てっきり人質として預かったのかと思ったら、

「キリルは人質ではなく私の番《つがい》で、明日婚礼の儀を執り行う正式な伴侶《はんりょ》だ」

ときっぱり宣言され、リンツェットは一瞬驚きで目を瞠《みは》った。

常々『運命の番』など信じないし、必要ないと公言していたし、結婚相手は一番国益《こくえき》に有利な相手を慎重に選ぶつもりだと素《そ》っ気《け》なく言っていたので、出会ってまもないキリル王子を伴侶にするというのは、普段のロランからは考えられないことだった。

いつもどおりの無表情で平板《へいばん》な物言いをしながらも、キリル王子を見る眼差しには熱があり、これは本当にひと目で恋に落ちたに違いない、とロランの隣にいるアラリックと目を見交わして（これがきっと驚くと言っていたことですね！　予想もしておりませんでした！）（そうでしょう?）と目で会話する。

よかったですね、陛下、と言おうとしたとき、

「ただ、私を兄の仇《かたき》と恨んでいて、まったく心を開く気がないようだが」

とぼそりと付け足され、リンツェットは息を止めてサッとキリル王子の様子を窺う。

たしかにキリル王子はずっと固い表情で、ロランを番の相手として受け入れているようには見えず、灰青の瞳には戸惑いや怯《おび》えや無念さなどが滲《にじ》んでいる。

兄の仇ということはロランがキリル王子の実兄《じっけい》を手にかけたのかもしれないが、理由もなくロランがそんな暴挙に出るはずはない。

なんとかこじれた気持ちをほぐせないかと、リンツェットは優しく話しかけた。

「キリル様、初めまして、リンツェットと申します。……兄上様についてのご事情はよく存じませんが、陛下は公正な御方です。きっとやむにやまれぬ経緯《けいい》があったのでは」

せっかく恋愛や婚姻《こんいん》に冷笑的で打算的だったロランが心から欲する番に出会えたのだから、是非とも許して受け入れてあげてほしいと願いながらとりなすと、余計相手の瞳に戸惑いと不審の色が濃くなってしまい、リンツェットはハッとして急いで詫《わ》びた。

「大変失礼いたしました。大事な兄上様だったかもしれませんのに、余計なことを申しまして、お気を悪くされたらお許しくださ い」

つい ロランの側に立ってしまったが、相手の身で考えれば、どんな事情であれ愛していた肉親を殺《あや》めた相手を簡単に許せるはずはないし、まだ十五、六の若さで敵国の王が番の相手で、出会ってすぐに誰も知り合いもいない他国の王宮に連れてこられて明日は婚儀といわれても、きっとまるで心の整理がつけられていないに違いない。

いまロランの肩を持てば、周りじゅう敵だらけのような心細い気持ちにさせ、余計硬化《こうか》させてしまうだけかも、とリンツェットは案じる。

まずはキリル王子の心に寄り添って、味方もいると心を開いてもらうことが先決《せんけつ》だ、と思っていると、

「リンツェット、キリルは長い間森の奥の隠れ家に隔離《かくり》されて育った世間知らずの箱入りだ。是非あなたに友人になってやってほしい」

とロランにも言われた。

言い方はぶっきらぼうだが、こちらでの暮らしが淋しくないように気遣っているのがわかったし、キリル王子も自分と似たような境遇で育ったのかと思うと親近感が増した。

快諾《かいだく》すると、「よろしくお見知りおきください」とキリル王子から初めて微笑を向けられ、この子には弟が小さかった頃にしてあげたかったすべてのことをして可愛がってあげたい、と庇護《ひご》欲に駆られる。

その晩、アラリックが訪れ、改めて無事の再会を喜びあってから、ロランとキリルの出会いの顛末《てんまつ》を聞いた。

「……そうだったのですか。正当防衛だったとはいえ、いまはまだキリル様には陛下が大切な兄上様を奪った極悪人としか思えないかもしれませんね」

番としてめぐり会う直前に不幸な出来事が起きてしまい、修復には時間が必要かもしれない、

とリンツェットは胸を痛める。

アラリックも頷いて、

「陛下もあの通り無愛想で口下手なので、まったくキリル様に真意が伝わっていないご様子で」

と不器用な友の恋路《こいじ》を憂《うれ》えており、リンツェットはすこし考えてから言った。

「では、ここはわたしたちがひと肌脱ぎましょう。わたしがキリル様とまずお友達になって信頼を勝ち得てから、それとなく陛下の良さをお伝えしてみます。あなたは陛下にたとえ暗殺されかかったとしてもキリル様の兄上様を手にかけたことをお詫びして、それからきちんと言葉を尽くして誠意をお伝えし、わかりやすくお優しくお振舞《ふるま》いになるようにお伝えください」

自分たちがいまこうして幸せに暮らせるのもロランのおかげだし、不運な出会いで躓《つまず》いたとしても、せっかくめぐり会えた『運命の番』となんとか幸せになってほしかった。

不遇な少年期から絶大な権力を握る覇王《はおう》になったロランにも、どういう事情か自分と同じように隔離されて育ったキリル王子のどちらにも、きっと愛し愛されることでしか埋《う》められない空洞があるはずで、番としてふたりが心を通じ合わせ、欠落《けつらく》を埋めあうことができればいいのに、と願わずにはいられず、陰ながら応援しようとアラリックに持ちかけた。

それからリンツェットは事あるごとにキリルを訪《おとな》い、慣れない場所で大国の王の伴侶として謁見《えっけん》などの公務で気を張るキリルを労《いたわ》り、甘いものを好むと聞いて手製の焼き菓子を差し入れたりして友情を育《はぐく》んだ。

キリルは肩で切りそろえた金髪と灰青の瞳のそれは美しい容姿と、思ったことがなんでも瞳に浮かぶ腹芸のできない素直さとすこし勝気なところも憎めない魅力的な少年だった。

リンツェットやアラリックにはすぐ打ち解けてくれたのに、肝心《かんじん》のロランにはしばらく経《た》っても頑《かたく》なに心を閉ざしたままで、連日通っていながら一体ロランはなにをしているのかとやきもきしていると、当のロランがひとりでリンツェットの元に現れた。

「陛下、おひとりでお越しに？　アラリックは……？」

椅子を勧《すす》めながら問うと、ロランは気まずげに、

「キリルに乗馬を教えるように頼んできた。すこしあいつに聞かれたくない話をしたいのだ。……リンツェット、個人的な話になるが、あなたはアラリックになにをされたら愛されていると感じるか、参考のために聞かせてもらえぬか」

とうっすら強面《こわもて》を赤らめながらぼそりと言った。

あのロランが自分にそんなことを聞くなんて、と改めて相手の本気や必死さがわかると同時に、そこまでこじれて追い詰められているのか、と哀れを催《もよお》す。

なんとかいい助言をしてあげたくて、

「……そうですね、アラリックはとにかく気持ちを率直に包み隠さず伝えてくれるので、なにを考えているのかわからないという不安がないですし、不機嫌そうな表情をしたことがなく、いつもにこやかで、楽しい歌や話術《わじゅつ》で笑わせてくれない日はないところも大好きですし、すこ

し嫉妬深いところも可愛げを感じて愛《いと》おしいですし、恥ずかしながら閨《ねや》でもお優しく、身体だけではなく心も求められているのが伝わりますし、なにをされたら、とひとつに絞《しぼ》れないくらい、アラリックがわたしに向けてくれるすべてに愛を感じます」

とついうっかり盛大にのろけたうえ、ロランを全否定するようなことを口走ってしまった。ハッと焦《あせ》って口を噤《つぐ》むと、ロランは表情に乏《とぼ》しい顔にうっすら落胆を浮かべ、がばりと両膝に肘《ひじ》をついて頭を抱えた。

「……やはりなんの参考にもならんし、聞くのではなかった。私には歌など歌えるわけがないし、アラリックのようにべらべら面白おかしいことをまくしたてる技量もない。従僕《じゅうぼく》のリオドルスに妬心《としん》を向けたら非難がましく恨まれただけだし、私がキリルのためにすることはすべて悪意に受け取られてしまう。もうこのまま一生兄を殺めたことを恨まれ続け、拒《こば》まれ続けるのかもしれん……！」

こんな弱気で項垂《うなだ》れるロランも初めてで、驚きに言葉を失ってしまったが、リンツェットはすぐに我に返ってロランのそばに行き、肩に手を乗せて励《はげ》ました。

「そんなことはありません。わたしの答え方が間違っておりました。わたしとアラリックのことが、陛下とキリル様にも当てはまるとは限りませんし、陛下にアラリックと同じことがお出来にならなくても、キリル様にお気持ちを伝えることは充分できると思います」

それはまことか、というように頭を抱えたまま腕の隙間からちらりと視線を向けられ、リンツェットは優しく頷く。

「口幅《くちはば》ったいことを承知で申しますが、おそらく陛下はキリル様にすげないお返事をされると、そこで会話を諦めてしまうのでは。それではいつまで経ってもわかりあうことはできません。心の中で思っているだけではだめなのです。アラリックのように軽妙《けいみょう》な話術がなくても、心を込めて語りかければきっと通じるはずです。兄上様のことで胸を痛めているキリル様にきちんとどうしようもなかったことや、傷つけたくはなかったとお伝えしましたか？　キリル様がどんなものを好まれ、なにが苦手か、人づてでなくご自分でお訊きになったことはありますか？逆に陛下の内面を打ち明けたことは？　わたしは陛下がキリル様に誤解されたまま、手をこまねいているだけのご様子が歯がゆくてなりません。陛下が本当はお優しい御方だとキリル様にもわかっていただければ、きっと兄上様のことを乗り越えて、陛下を受け入れてくださると信じておりますのに」

思わずやんわりと苦言《くげん》を呈《てい》すると、ロランは顔を上げて神妙《しんみょう》に頷いた。

「……たしかにあなたの言う通り、キリルから露骨《ろこつ》に嫌悪や恐怖の眼差しを向けられると、つい番のはずなのに、と苛立って言葉ではなく身体でいうことを聞かそうとしていた」

リンツェットは肩に乗せていた手を下ろし、軽く目を眇《すが》めて首を振る。

「それは一番心が離れるやり方です。身体を奪う前に、まず心を奪わなくてはとアラリックも申しておりました。ここまでこじれてしまった糸をほぐすのは大変ですが、本気でキリル様を愛しておいでなら一本一本ほどくしかありません。わたしもお手伝いできることはなんでもいたしますから、今日からお振舞いをお改めください。まずは会話です」

「……わかった」

大国の王というよりひとりの不器用な若者の顔で返事をし、では外廷《がいてい》に戻る、邪魔をしたな、とロランが席を立つ。

ふと脇のテーブルに乗せていたボードゲームに視線を止め、「これは？」と問われ、

「アラリックが退屈なときにジェレマイアと遊ぶようにと贈ってくださいました。子供時代にこういうもので遊んだことがなかったので、童心《どうしん》に帰って楽しんでおります」

と答えると、ロランの目がキラリと光った。

「リンツェット、早速だが、協力してもらえぬか。私からキリルに一緒にゲームをしようと持ちかけてもきっと怪訝《けげん》な顔をされるだけだろうから、あなたから『このゲームを陛下と一緒にやってみては？』と勧めてもらえぬだろうか。キリルも幼少時にこんなゲームをしたことがないかもしれんし、普通に話すより、話がしやすい気がする」

意気込んで頼まれ、リンツェットは微笑んで承《うけたまわ》る。

ボードゲームをきっかけにロランとキリルの関係が好転し始め、リンツェットとアラリックは連日わくわくしながら成就《じょうじゅ》を見守ったのだった。

あとがき

AFTERWORD…………………

―小林典雅―

こんにちは、またははじめまして、小林典雅と申します。

本作は私の初めてのオメガバース物、「深窓《しんそう》のオメガ王子と奴隷《どれい》の王」のスピンオフで、前作で脇キャラだったリンツェットとアラリックの恋物語です。でも前作をご存知なくても、前日譚《たん》のような形なのでこの本だけでも問題なく読めると思います。

前作の挿絵《さしえ》で笠井《かさい》あゆみ先生がリンツェットをものすごい美人受に描いてくださって、こんな清楚《せいそ》でたおやかな美人も発情期には淫乱《いんらん》になるのかぁ、と妄想が膨《ふく》らみ、担当様に「リンツェット主役でスピンオフ書いてもいいですか？　でもアラリックが相手だから全然切ない話じゃなくバカップルになっちゃうと思うんですけど」とご相談したら、「一作目でもあのふたりはバカップルだったので全然大丈夫です」と言ってくださったので、リンツェットの生《お》い立ちがすこし不憫《ふびん》なだけで出会い頭《がしら》からバカップル一直線にしてしまいました。

あれ、オメガバってもっと痛いはずでは……？　と首を捻《ひね》られるかもしれませんが、前作のあとがきでも、オメガが最底辺で虐《しいた》げられる可哀相設定が苦手だと書いたら、結構「私もです」というご意見をいただいたので、本作も安心して読めるオメガバース物を目指しました。

私は基本的にほがらかでよくしゃべる攻が好きなのですが、本作にも出てくる前作の主役のロランは寡黙《かもく》な鬼畜《きちく》攻で（つい初オメガバース物！　初笠井あゆみ先生の挿絵！　と意気込みすぎて、背伸びしました）前作はひいこらしながら書いた覚えがあるのですが、本作のアラリックは私の大好きなアンドレ攻＆優男《やさおとこ》攻なので、うきうき楽しんで書きました。

ロランとキリルはツンデレ同士なのでデレるのが遅いのですが、本作のリンツェットとアラリックはどちらも素直キャラなので、最初からデレてるのに、ちょいちょいプチ波乱に見舞われますが、犬も食わないプチ波乱で絶対に揺るがないラブラブバカップルを微笑《ほほえ》ましく見守っていただけたら嬉しいです。

笠井あゆみ先生、お忙しい中、前作に続き神イラストを本当にありがとうございました！　お茶目なラフもめちゃくちゃ大好きなんですけど、美麗すぎる完成作も生きててよかった、と思えて幸せです！

巻末短篇は前作の裏話的なエピソードで、鬼畜攻のロランもあれこれ悩んでる恋する青年だったという一面を描きたくて書きました。前作既読《きどく》の方は、あの場面の裏ではそういうやりとりがあったんだ、とにまっとしていただけたら嬉しいです。この本だけ読まれた方も、よかったらロランとキリルのお話もお手に取っていただけたらとても嬉しいです。

この人でなければ、というふたりを書くのが好きなんだな、と再認識しながら書きました。すこしでもビタミンＢＬで癒《い》やされていただけたら幸せです。

この本を読んでのご意見、ご感想などをお寄せください。
小林典雅先生・笠井あゆみ先生へのはげましのおたよりもお待ちしております。

〒113-0024　東京都文京区西片2-19-18　新書館
[編集部へのご意見・ご感想] ディアプラス編集部「囚われのオメガ王子と恋の奴隷」係
[先生方へのおたより] ディアプラス編集部気付　〇〇先生

- 初出 -
囚われのオメガ王子と恋の奴隷：書き下ろし
恋の奴隷がまたひとり：書き下ろし

[とらわれのおめがおうじとこいのどれい]
囚われのオメガ王子と恋の奴隷

著者：**小林典雅** こばやし・てんが

初版発行：2022年4月25日

発行所：株式会社 新書館
[編集] 〒113-0024
東京都文京区西片2-19-18　電話（03）3811-2631
[営業] 〒174-0043
東京都板橋区坂下1-22-14　電話（03）5970-3840
[URL] https://www.shinshokan.co.jp/

印刷・製本：株式会社 光邦

ISBN978-4-403-52549-0 ©Tenga KOBAYASHI 2022 Printed in Japan

ボーイズラブ

ディアプラス文庫

NOW ON SALE!!

新書館

✤綺谷りつこ《あやたに・りつこ》

恋するピアニスト イラスト あさとえいり
天使のハイキック イラスト 夏乃あゆみ
花宵坂に恋が舞う イラスト 北沢きょう
ココロに咲く花 イラスト 六芦かえで
初恋の歩き方 イラスト みろくことこ

✤安西リカ《あんざい・りか》

好きって言いたい イラスト おおやかずみ
好きで、好きで イラスト 木下けい子
恋みたいな、愛みたいな 好きで、好きで2 イラスト 木下けい子
何度でもリフレイン イラスト 小椋ムク
初恋ドローイング イラスト みろくことこ
ビューティフル・ガーデン イラスト 夏乃あゆみ
人魚姫のハイヒール イラスト 伊東七つ生
恋の傷あと イラスト 高久尚子
ふたりでつくるハッピーエンド イラスト 金ひかる
バースデー イラスト みずかねりょう
甘い嘘 イラスト 三池ろむこ
眠りの杜の片想い イラスト カワイチハル
恋という字を読み解けば イラスト 二宮悦巳
舞台裏のシンデレラ イラスト 伊東七つ生
彼と彼が好きな人 イラスト 陵クミコ
ふたりのベッド イラスト 草間さかえ
可愛い猫には旅をさせよ イラスト ユキムラ
恋になるには遅すぎる イラスト 佐倉ハイジ
恋をしていたころ イラスト 尾賀トモ
彼は恋を止められない イラスト 街子マドカ
楽園までもう少しだけ イラスト 七瀬

✤一穂ミチ《いちほ・みち》

雪よ林檎の香のごとく イラスト 竹美家らら
オールトの雲 イラスト 木下けい子
はな咲く家路 イラスト 松本ミーコハウス
Don't touch me イラスト 高久尚子
さみしさのレシピ イラスト 北上れん
ハートの問題 イラスト 三池ろむこ
シュガーギルド イラスト 小椋ムク
meet.again. イラスト 竹美家らら
ムーンライトマイル イラスト 木下けい子
バイバイ、ハックルベリー イラスト 金ひかる
ノーモアベット イラスト 二宮悦巳
甘い手、長い腕 イラスト 雨隠ギド
ワンダーリング イラスト 二宮悦巳
イエスかノーか半分か イラスト 竹美家らら
世界のまんなか イエスかノーか半分か2 イラスト 竹美家らら
おうちのありか イエスかノーか半分か3 イラスト 竹美家らら
さよなら一顆 イラスト 草間さかえ
ひつじの鍵 イラスト 山田2丁目
横顔と虹彩 イエスかノーか半分か番外篇 イラスト 竹美家らら
恋敵と虹彩 イエスかノーか半分か番外篇2 イラスト 竹美家らら
キス イラスト yoco
運命ではありません イラスト 梨とりこ
ふったらどしゃぶり When it rains, it pours 完全版 イラスト 竹美家らら
ふさいで イエスかノーか半分か番外篇3 イラスト 竹美家らら
ラブ キス2 イラスト yoco
ナイトガーデン 完全版 イラスト 竹美家らら
アンティミテ イラスト 山田2丁目
つないで イエスかノーか半分か番外篇4 イラスト 竹美家らら

✤いつき朔夜《いつき・さくや》

G－トライアングル イラスト ホームラン・拳
コンティニュー？ イラスト 金ひかる
八月の略奪者 イラスト 藤崎一也
午前五時のシンデレラ イラスト 北畠あけ乃
ウミノツキ イラスト 佐々木久美子
征服者は貴公子に跪く イラスト 金ひかる
初心者マークの恋だから イラスト 夏目イサク
スケルトン・ハート イラスト あじみね朔生
溺れる人魚 イラスト 北上れん
つながりたい イラスト 石原 理
おまえにUターン イラスト 印東サク
初恋ドレッサージュ イラスト 周防佑未
背中で君を感じてる イラスト 宝井さき
カモフラージュ～十年目の初恋～ イラスト 香坂あきほ
神凪の恋一顆 イラスト 富士山ひょうた
霞ケ関ラヴァーズ イラスト 高階 佑
シェイク・ミー・テンダー イラスト 本間アキラ

✤岩本 薫《いわもと・かおる》

プリティ・ベイビィズ①～③ イラスト 麻々原絵里依
スパイシー・ショコラ～プリティ・ベイビィズ～ イラスト 麻々原絵里依
ホーム・スイートホーム～プリティ・ベイビィズ～ イラスト 麻々原絵里依
蜂蜜と眼鏡 イラスト ウノハナ

✤海野 幸《うみの・さち》

ご先祖様は吸血鬼 イラスト Ciel
良き隣人のための怪異指南 イラスト 街子マドカ
ほほえみ喫茶の恋みくじ イラスト 雨隠ギド
一途なファンの恋心 イラスト カワイチハル

✤華藤えれな《かとう・えれな》

愛のマタドール イラスト 葛西リカコ
裸のマタドール イラスト 葛西リカコ
飼育の小部屋～監禁チェリスト～ イラスト 小山田あみ
甘い夜伽 愛の織り姫 イラスト 小椋ムク
情熱の国で溺愛されて イラスト えすとえむ
愛されオメガの婚姻、そして運命の子 イラスト ミキライカ
猫と人狼と御曹司の溺愛子育て イラスト Dite
さみしい神様のメリーゴーランド イラスト 木下けい子

✤金坂理衣子《かねさか・りいこ》

気まぐれに惑って イラスト 小鳩めばる
漫画家が恋する理由 イラスト 街子マドカ
型にはまらぬ恋だから イラスト 佳門サエコ

恋人はファインダーの向こう イラスト みずかねりょう

可南さらさ《かなん・さらさ》

カップ一杯の愛で イラスト カワイチハル
ひと匙の恋心 イラスト カワイチハル

川琴ゆい華《かわこと・ゆいか》

恋にいちばん近い島 イラスト 小椋ムク
ふれるだけじゃたりない イラスト スカーレット・ベリ子
恋におちた仕立屋 イラスト 見多ほむろ
ペットと恋はできません イラスト 陵クミコ
愛されたがりさんと優しい魔法使い イラスト 笠井あゆみ

柊平ハルモ《くいびら・はるも》

恋々 イラスト 北沢きょう
終われない恋 イラスト あさとえいり
身勝手な純愛 イラスト 駒城ミチヲ
ひとめぼれ王子さま イラスト 駒城ミチヲ

久我有加《くが・ありか》

キスの温度 イラスト 蔵王大志
光の地図 キスの温度2 イラスト 蔵王大志
長い間 イラスト 山田睦月
春の声 イラスト 藤崎一也
スピードをあげろ イラスト 藤崎一也
何でやねん！ 全2巻 イラスト 山田ユギ
無敵の探偵 イラスト 蔵王大志
落花の雪に踏み迷う イラスト 門地かおり
わけも知らないで イラスト やしきゆかり
短いゆびきり イラスト 奥田七緒
ありふれた愛の言葉 イラスト 松本 花
明日、恋におちるはず イラスト 一之瀬綾子
あどけない熱 イラスト 樹 要
月も星もない イラスト 金ひかる
月よ笑ってくれ 月も星もない2 イラスト 金ひかる
恋は甘いかソースの味か イラスト 街子マドカ
それは言わない約束だろう イラスト 桜城やや
どっちにしても俺のもの イラスト 夏目イサク
不実な男 イラスト 富士山ひょうた
簡単で散漫なキス イラスト 高久尚子
恋は愚かというけれど イラスト RURU
君を抱いて昼夜に恋す イラスト 麻々原絵里依
いつかお姫様が イラスト 山中ヒコ
普通ぐらいに愛してる イラスト 橋本あおい
恋で花実は咲くのです イラスト 草間さかえ
青空へ飛べ イラスト 高城たくみ
わがまま天国 イラスト 楢崎ねねこ
青い鳥になりたい イラスト 富士山ひょうた
海より深い愛はどっちだ イラスト 阿部あかね
ポケットに虹のかけら イラスト 陵クミコ
頬にしたたる恋の雨 イラスト 志水ゆき
魚心あれば恋心 イラスト 文月あつよ
思い込んだら命がけ！ イラスト 北別府ニカ
恋するソラマメ イラスト 金ひかる
恋の押し出し イラスト カキネ
におう桜のあだくらべ イラスト 佐々木久美子
君が笑えば世界も笑う イラスト 佐倉ハイジ
もっとずっときっと笑って イラスト 佐倉ハイジ
華の命は今宵まで イラスト 花村イチカ
嘘つきと弱虫 イラスト 木下けい子
幸せならいいじゃない イラスト おおやかずみ
酸いも甘いも恋のうち イラスト 志水ゆき
あの日の君と、今日の僕 イラスト 左京亜也
片恋の病 イラスト イシノアヤ
疾風に恋をする イラスト カワイチハル
恋の二人連れ イラスト 伊東七つ生
恋を半分、もう半分 イラスト 小椋ムク
七日七夜の恋心 イラスト 北沢きょう
愛だ恋だと騒ぐなよ イラスト 七瀬
アイドル始めました イラスト 榊 空也
知らえぬ恋は愛しきものぞ イラスト 芥

栗城 偲《くりき・しのぶ》

恋愛モジュール イラスト RURU
スイート×リスイート イラスト 金ひかる
君の隣で見えるもの イラスト 藤川桐子
素直じゃないひと イラスト 陵クミコ
ダーリン、アイラブユー イラスト みずかねりょう
いとを繋いだその先に イラスト 伊東七つ生
恋に語るに落ちてゆく イラスト 樹 要
君しか見えない イラスト 木下けい子
家政夫とパパ イラスト Ciel
同居注意報 イラスト 陵クミコ
バイアス恋愛回路 イラスト カゼキショウ
ラブデリカテッセン イラスト カワイチハル
社史編纂室で恋をする イラスト みずかねりょう
塚森専務の恋愛事情 イラスト みずかねりょう
経理部員、恋の仕訳はできません イラスト みずかねりょう

木原音瀬《このはら・なりせ》

パラスティック・ソウル 全3巻 イラスト カズアキ
パラスティック・ソウル endless destiny イラスト カズアキ
パラスティック・ソウル love escape イラスト カズアキ

小林典雅《こばやし・てんが》

たとえばこんな恋のはじまり イラスト 秋葉東子
執事と画学生、ときどき令嬢 イラスト 金ひかる
藍苺畑でつかまえて イラスト 夏目イサク
素敵な入れ替わり イラスト 木下けい子
あなたの好きな人について聞かせて イラスト おおやかずみ
デートしようよ イラスト 麻々原絵里依
国民的スターに恋してしまいました
国民的スターと熱愛中です イラスト 佐倉ハイジ
武家の初恋 イラスト 松本 花
ロマンス、貸します イラスト 砧 菜々
若葉の戀 イラスト カズアキ
管理人さんの恋人 イラスト 木下けい子
密林の彼 イラスト ウノハナ
可愛いがお仕事です イラスト 羽純ハナ
深窓のオメガ王子と奴隷の王 イラスト 笠井あゆみ
先輩、恋していいですか イラスト 南月ゆう
スターのマネージャーも恋してしまいました イラスト 佐倉ハイジ
王子ですがお嫁にきました イラスト 麻々原絵里依
恋する一角獣 イラスト おおやかずみ
囚われのオメガ王子と恋の奴隷 イラスト 笠井あゆみ

彩東あやね《さいとう・あやね》

神さま、どうかロマンスを イラスト みずかねりょう
愛を召しあがれ イラスト 羽純ハナ
悪党のロマンス イラスト 須坂紫那
花降る町の新婚さん イラスト 木下けい子
赤獅子の王子に求婚されています イラスト カワイチハル

桜木知沙子《さくらぎ・ちさこ》

現在治療中 全3巻 イラスト あとり硅子
HEAVEN イラスト 麻々原絵里依
あさがお ~morning glory~ 全2巻 イラスト 門地かおり
サマータイムブルース イラスト 山田睦月
愛が足りない イラスト 高野宮子
教えてよ イラスト 金ひかる

どうなってんだよ？ イラスト 麻生 海
双子スピリッツ イラスト 高久尚子
メロンパン日和 イラスト 藤川桐子
好きになってはいけません イラスト 夏目イサク
演劇どうですか？ イラスト 吉村
札幌の休日 全4巻 イラスト 北沢きょう
東京の休日 全2巻 イラスト 北沢きょう
夕暮れに手をつなぎ イラスト 青山十三
恋をひとかじり イラスト 三池ろむこ
友達に求愛されてます イラスト 佐倉ハイジ
特別になりたい イラスト 陵クミコ
家で恋しちゃ駄目ですか イラスト キタハラリイ

✤沙野風結子《さの・ふゆこ》

兄弟の定理 イラスト 笠井あゆみ
獣はかくして交わる イラスト 小山田あみ
天使の定理 イラスト 笠井あゆみ

✤菅野 彰《すがの・あきら》

眠れない夜の子供 イラスト 石原 理
愛がなければやってられない イラスト やまかみ梨由
17才 イラスト 坂井久仁江
恐怖のダーリン♡ イラスト 山田睦月
青春残酷物語 イラスト 山田睦月
なんでも屋ナンデモアリ アンダードッグ ①② イラスト 麻生 海
小さな君の、腕に抱かれて イラスト 木下けい子
レベッカ・ストリート イラスト 珂弐之ニカ
泣かない美人 イラスト 金ひかる
おまえが望む世界の終わりは イラスト 草間さかえ
華客の鳥 イラスト 珂弐之ニカ
色悪作家と校正者の不貞 イラスト 麻々原絵里依
色悪作家と校正者の貞節 イラスト 麻々原絵里依
色悪作家と校正者の純潔 イラスト 麻々原絵里依
色悪作家と校正者の多情 イラスト 麻々原絵里依
ドリアングレイの激しすぎる憂鬱 イラスト 麻々原絵里依
色悪作家と校正者の別れ話 イラスト 麻々原絵里依

✤菅野 彰&月夜野 亮《すがの・あきら&つきよの・あきら》

おおいぬ荘の人々 全7巻 イラスト 南野ましろ

✤砂原糖子《すなはら・とうこ》

セブンティーン・ドロップス イラスト 佐倉ハイジ
純情アイランド イラスト 夏目イサク（※定価651円）
204号室の恋 イラスト 藤井咲耶
言ノ葉ノ花 イラスト 三池ろむこ
言ノ葉ノ世界 イラスト 三池ろむこ
言ノ葉ノ使い イラスト 三池ろむこ
恋のはなし イラスト 高久尚子
恋のつづき 恋のはなし② イラスト 高久尚子
虹色スコール イラスト 佐倉ハイジ
15センチメートル未満の恋 イラスト 南野ましろ
スリープ イラスト 高井戸あけみ
スイーツキングダムの王様 イラスト 二宮悦巳
セーフティ・ゲーム イラスト 金ひかる
恋惑星へようこそ イラスト 南野ましろ
恋愛できない仕事なんです イラスト 北上れん
愛になれない仕事なんです イラスト 北上れん
恋はドーナツの穴のように イラスト 宝井理人
恋じゃないみたい イラスト 小鳩めばる
全寮制男子校のお約束事 イラスト 夏目イサク
恋煩い イラスト 志水ゆき
リバーサイドベイビーズ イラスト 雨隠ギド
世界のすべてを君にあげるよ イラスト 三池ろむこ
毎日カノン、日日カノン イラスト 小椋ムク
心を半分残したままでいる 全3巻 イラスト 葛西リカコ
青ノ言ノ葉 イラスト 三池ろむこ
僕が終わってからの話 イラスト 夏乃あゆみ
バイオリニストの刺繍 イラスト 金ひかる
※「心を半分残したままでいる 電子限定単行本未収録短篇集 ～未来を半分残したままでいる～」は電子にて販売中。

✤月村 奎《つきむら・けい》

believe in you イラスト 佐久間智代
Spring has come! イラスト 南野ましろ
step by step イラスト 依田沙江美
もうひとつのドア イラスト 黒江ノリコ
秋霖高校第二寮 全3巻 イラスト 二宮悦巳
エンドレス・ゲーム イラスト 金ひかる
エッグスタンド イラスト 二宮悦巳
きみの処方箋 イラスト 鈴木有布子
家賃 イラスト 松本 花
WISH イラスト 橋本あおい
ビター・スイート・レシピ イラスト 佐倉ハイジ
秋霖高校第二寮リターンズ 全3巻 イラスト 二宮悦巳
レジーデージー イラスト 依田沙江美
CHERRY イラスト 木下けい子
恋を知る イラスト 金ひかる
おとなり イラスト 陵クミコ
ブレッド・ウィナー イラスト 木下けい子
すき イラスト 麻々原絵里依
恋愛☆コンプレックス イラスト 陵クミコ
不器用なテレパシー イラスト 高星麻子
嫌よ嫌よも好きのうち？ イラスト 小椋ムク
teenage blue イラスト 宝井理人
50番目のファーストラブ イラスト 高久尚子
恋する臆病者 イラスト 小椋ムク
すみれびより イラスト 草間さかえ
Release イラスト 松尾マアタ
遠回りする恋心 イラスト 真生るいす
恋は甘くない？ イラスト 松尾マアタ
ずっとここできみと イラスト 竹美家らら
それは運命の恋だから イラスト 橋本あおい
ボナペティ！ イラスト 木下けい子
耳から恋に落ちていく イラスト 志水ゆき
恋の恥はかき捨て イラスト 左京亜也

✤椿姫せいら《つばき・せいら》

この恋、受難につき イラスト 猫野まりこ
AVみたいな恋ですが イラスト 北沢きょう
ひと恋、手合わせ願います イラスト コウキ。

✤鳥谷しず《とりたに・しず》

スリーピング・クール・ビューティ イラスト 金ひかる
流れ星ふる恋がふる イラスト 大槻ミゥ
恋の花ひらくとき イラスト 香坂あきほ
恋色ミュージアム イラスト みずかねりょう
新世界恋愛革命 イラスト 周防佑未
神の庭で恋萌ゆる イラスト 宝井さき
その兄弟、恋愛不全 イラスト Ciel
契約に咲く花は イラスト 斑目ヒロ
恋よ、ハレルヤ イラスト 佐々木久美子
探偵の処女処方箋 イラスト 金ひかる
溺愛スウィートホーム イラスト 橋本あおい
お試し花嫁、片恋中 イラスト 左京亜也
兄弟ごっこ イラスト 麻々原絵里依
紅狐の初恋草子 イラスト 笠井あゆみ
捜査官は愛を乞う イラスト 小山田あみ

捜査官は愛を知る イラスト 小山田あみ

✤名倉和希《なくら・わき》

はじまりは窓でした。 イラスト 阿部あかね
耳たぶに愛 イラスト 佐々木久美子
戸籍係の王子様 イラスト 高城たくみ
夜をひとりじめ イラスト 富士山ひょうた
ハッピーボウルで会いましょう イラスト 夏目イサク
神さま、お願い～恋する狐の十年愛～ イラスト 陵クミコ
愛の一筆書き イラスト 金ひかる
手をつないでキスをして イラスト Ciel
恋の魔法をかけましょう イラスト みずかねりょう
恋のプールが満ちるとき イラスト 街子マドカ
純情秘書の恋する気持ち イラスト 佳門サエコ
恋する猫耳 イラスト 鷹丘モトナリ
竜は将軍に愛でられる イラスト 黒田 屑
王子は黒竜に愛を捧げる イラスト 黒田 屑
※「竜は将軍に愛でられる・番外篇 王国のある一日」は電子にて発売中。

✤凪良ゆう《なぎら・ゆう》

ニアリーイコール イラスト 二宮悦巳

✤ひのもとうみ《ひのもと・うみ》

きみは明るい星みたいに イラスト 梨とりこ

✤松岡なつき《まつおか・なつき》

【サンダー&ライトニング 全5巻】 イラスト カトリーヌあやこ
①サンダー&ライトニング
②カーミングの独裁者
③フェルノの弁護人
④アレースの娘達
⑤ウォーシップの道化師
30秒の魔法 全3巻 イラスト カトリーヌあやこ
華やかな迷宮 全5巻 イラスト よしながふみ

✤松前侑里《まつまえ・ゆり》

月が空のどこにいても イラスト 碧也ぴんく
雨の結び目をほどいて イラスト あとり硅子
空から雨が降るように 雨の結び目をほどいて② イラスト あとり硅子
ピュア½ イラスト あとり硅子
地球がとても青いから イラスト あとり硅子
猫にGOHAN イラスト あとり硅子
その瞬間、ぼくは透明になる イラスト あとり硅子
籠の鳥はいつも自由 イラスト 金ひかる
階段の途中で彼が待ってる イラスト 山田睦月
愛は冷蔵庫の中で イラスト 山田睦月
水色ステディ イラスト テクノサマタ
空にはちみつムーン イラスト 二宮悦巳
Try Me Free イラスト 高星麻子
リンゴが落ちても恋は始まらない イラスト 麻々原絵里依
星に願いをかけないで イラスト あさとえいり
月とハニーベア イラスト 二宮悦巳
カフェオレ・トワイライト イラスト 木下けい子
プールいっぱいのブルー イラスト 夢花 李
アウトレットな彼と彼 イラスト 山田睦月
ピンクのピアニシモ イラスト あさとえいり
パラダイスより不思議 イラスト 麻々原絵里依
もしも僕が愛ならば イラスト 金ひかる
春待ちチェリーブロッサム イラスト 三池ろむこ
コーンスープが落ちてきて イラスト 宝井理人
センチメンタルなビスケット イラスト RURU
真夜中のレモネード イラスト 宝井理人
はちみつグラデーション イラスト 夏乃あゆみ
もう一度ストロベリー イラスト 小川安積
雲とメレンゲの恋 イラスト 小椋ムク

✤間之あまの《まの・あまの》

ランチの王子様 イラスト 小椋ムク
溺愛モラトリアム イラスト 小椋ムク
ふたり暮らしハピネス イラスト 八千代ハル

✤水原とほる《みずはら・とほる》

仕立て屋の恋 イラスト あじみね朔生
金銀花の杜の巫女 イラスト 葛西リカコ

✤宮緒 葵《みやお・あおい》

奈落の底で待っていて イラスト 笠井あゆみ
華は褥に咲き狂う⑤ 兄と弟 イラスト 小山田あみ
華は褥に咲き狂う⑥ 恋と闇 イラスト 小山田あみ
華は褥に咲き狂う⑦ 神と人 イラスト 小山田あみ
鳥籠の扉は閉じた イラスト 立石 涼
※「華は褥に咲き狂う」1～4、「桜吹雪は月に舞う」（イラスト：笠井あゆみ）は電子にて発売中。

✤夕映月子《ゆえ・つきこ》

天国に手が届く イラスト 木下けい子
てのひらにひとつ イラスト 三池ろむこ
京恋路上ル下ル イラスト まさお三月
王様、お手をどうぞ イラスト 周防佑未
恋してる、生きていく イラスト みずかねりょう
あなたを好きになりたくない イラスト みずかねりょう
異界で魔物に愛玩されています イラスト 陵クミコ

✤渡海奈穂《わたるみ・なほ》

甘えたがりで意地っ張り イラスト 三池ろむこ
ロマンチストなろくでなし イラスト 夏乃あゆみ
神さまと一緒 イラスト 窪スミコ
マイ・フェア・ダンディ イラスト 前田とも
夢は廃墟をかけめぐる☆ イラスト 依田沙江美
恋になるなら イラスト 富士山ひょうた
さらってよ イラスト 麻々原絵里依
正しい恋の悩み方 イラスト 佐々木久美子
手を伸ばして目を閉じないで イラスト 松本ミーコハウス
ゆっくりまっすぐ近くにおいで イラスト 金ひかる
兄弟の事情 イラスト 阿部あかね
恋人の事情 兄弟の事情2 イラスト 阿部あかね
未熟な誘惑 イラスト 二宮悦巳
たまには恋でも イラスト 佐倉ハイジ
カクゴはいいか イラスト 三池ろむこ
夢じゃないみたい イラスト カキネ
その親友と、恋人と。 イラスト 北上れん
恋でクラクラ イラスト 小鳩めばる
いばらの王子さま イラスト せのおあき
厄介と可愛げ イラスト 橋本あおい
絡まる恋の空回り イラスト 斑目ヒロ
運命かもしれない恋 イラスト 草間さかえ
ご主人様とは呼びたくない イラスト 栖山トリ子
俺のこと好きなくせに イラスト 金ひかる
さよなら恋にならない日 イラスト みずかねりょう
かわいくしててね イラスト 三池ろむこ
恋はまさかでやってくる イラスト 佳門サエコ
完璧な恋の話 イラスト 梨とりこ
それは秘密の方がいい イラスト 南月ゆう
抱いてくれてもいいのに イラスト 山田ノノ